A SUPERFÍCIE SOBRE NÓS

Sergio Vilas-Boas

A SUPERFÍCIE SOBRE NÓS

Romance

Copyright © 2015 Editora Manole Ltda., por meio de contrato com o autor.

Amarilys é um selo editorial Manole.

Este livro contempla as regras do Acordo Ortográfico da
Língua Portuguesa de 1990, que entrou em vigor no Brasil.

EDITOR-GESTOR: Walter Luiz Coutinho
EDITOR: Enrico Giglio
PRODUÇÃO EDITORIAL: Luiz Pereira
PREPARAÇÃO: Lara Stroesser Figueirôa
REVISÃO DE PROVA: Susana Yunis
CAPA E PROJETO GRÁFICO: Daniel Justi

Dados Internacionais de Catalogação na Publicação (CIP)
(Câmara Brasileira do Livro, SP, Brasil)

Vilas-Boas, Sergio
   A superfície sobre nós : romance / Sergio
Vilas-Boas. -- Barueri, SP : Amarilys, 2015.

ISBN 978-85-7868-194-4

1. Romance brasileiro I. Título.

15-03187   CDD-869.93

   Índices para catálogo sistemático:
   1. Romance : Literatura brasileira   869.93

Todos os direitos reservados.
Nenhuma parte deste livro poderá ser reproduzida, por qualquer processo,
sem a permissão expressa dos editores.
É proibida a reprodução por xerox.
A Editora Manole é afiliada à ABDR – Associação Brasileira de Direitos
Reprográficos.

1ª edição - 2015

EDITORA MANOLE LTDA.
Av. Ceci, 672 – Tamboré
06460-120 – Barueri – SP – Brasil
Tel.: (11) 4196-6000 – Fax: (11) 4196-6021
www.manole.com.br | www.amarilyseditora.com.br
info@amarilyseditora.com.br

Impresso no Brasil / *Printed in Brazil*

*Os personagens e as situações desta obra são reais apenas no universo da ficção:
não se referem a pessoas e fatos concretos, e sobre eles não emitem opinião.*

Para P.B.

> A verdade é que o *outsider* é uma raridade entre os seres humanos.
> COLIN WILSON

Hugo: Dá folga pro seu smart. Depois eu q sou viciado
23:45

Tabs: Traz sorvete
23:45

Hugo: Esquece
23:46

Tabs: E wafer
23:46

Hugo: C ta de dieta!!!
23:46

Tabs: E o 'pot'. Não esquece, pls.
23:46

Hugo: Ok
23:47

Tabs: Já tô no seu 'Superfície'...
23:47

Hugo: Começa sem um fim. Termina como começa...
23:48

Tabs: Como a história de qq ser vivo, kkk
23:48

Hugo: + original, impossível
23:49

Tabs: Sugestões entre [ ], ok?
01:22

1

GENERALIDADES UM TANTO ESPECÍFICAS

[VOCÊ CONHECE UMA PESSOA COM MAIS QUE O DOBRO da sua idade e ela te ajuda a aprimorar seus sentimentos e discursos. Mais adiante, você fica sabendo que ela não só tentou suicídio como foi capaz de matar alguém. Daí você se pergunta "Será que peguei o fio certo da meada?" e logo admite que não há respostas que possam corrigir o seu, digamos, "déficit de atenção".]

Foi assim: no vigésimo quarto dia de greve, o Tribunal julgou a causa – a *nossa* causa. Determinou que a empresa pagasse a dívida conosco em até quarenta e oito horas e que voltássemos às nossas atividades imediatamente. Porém, em uma assembleia ["extraordinária e extenuante" calham bem aqui], aprovamos por maioria absoluta, mas com margem apertada, a [controversa] estratégia de somente retornarmos ao trabalho três dias depois.

Esse ato de desrespeito à decisão judicial tinha uma explicação: havíamos sido enganados várias vezes. Os diretores da empresa prometiam o depósito dos valores em atraso, trabalhávamos normalmente, mas, na hora H, não recebíamos nenhum centavo. A decisão conjunta, então, foi voltar ao trabalho somente quando os salários estivessem disponíveis em conta.

[Depois do julgamento, ninguém apareceu na empresa. O prazo dado pela Justiça terminava na antevéspera de um feriado prolongado.]

Devo ter conferido minha conta bancária umas cem vezes, por falta do que fazer, ou por ansiedade, não sei.

Nada.

Até que, na quadragésima primeira hora, a humilhação atingiu o ápice: trezentos telegramas de demissão com o mesmo texto foram enviados simultaneamente. Eu estava em casa quando chegou o meu: "Demissão por justa causa – a recusa em voltar ao trabalho caracteriza falta grave, pelo que ficam dispensados os serviços de V.Sa. a partir desta data".

Passamos de vítimas a réus, de repente!

Os celulares dos grevistas começaram a tocar freneticamente. Boatos e especulações infundadas se espalhavam como vírus. Alguém me avisou que a recomendação era irmos todos para a sede do sindicato o quanto antes. E as pessoas subiam as escadas do prédio em pânico [como se fugissem das chamas de um incêndio]. Os advogados sindicais, pegos de surpresa, pareciam catatônicos.

O clima no auditório era de desordem e dispersão. Todos falavam alto, ninguém ouvia ninguém, ninguém prestava atenção em nada. O sistema de som, antes emperrado, de repente resolveu funcionar e houve um estrondo no exato momento em que o presidente do sindicato gritou.

["Quietos!"]

Silêncio, finalmente.

E foi nesse momento que vi o Jaime entrando pela porta lateral, arrastando a perna direita, como sempre. Com passos calculados, ele procurou uma vaga no auditório lotado.

Usava calça de sarja cáqui, camisa polo branca com um pequeno bolso do lado esquerdo e sapatos ortopédicos marrons, gastos.

O cabelo tipo palha de aço de negro autêntico havia sido pacificado por um corte rasteiro, muito comum na época, e que, de longe, fazia-o parecer um careca.

Seus olhões eram vivos e as sobrancelhas, peludas.

Posicionou-se perto de mim. Perguntou à mulher ao meu lado o que os advogados haviam dito sobre a "justa causa", mas ela nem precisou responder porque a assembleia, se é que aquilo podia ser chamado assim, teve início, oficialmente.

"Gente, o que aconteceu foi o seguinte", conclamou a advogada [cuja voz infantil virou o símbolo da nossa fragilidade], "a empresa entrou com um recurso no Tribunal Superior e conseguiu a suspensão da decisão da Justiça regional. Foi isso, em resumo."

O recurso da empresa havia sido redigido, enviado, protocolado, analisado e despachado em dois dias! Isso tudo durante a semana de um feriado prolongado, quando todas as repartições de Brasília tornam ainda mais lentas as suas lentidões.

[Como era possível?]

"O presidente do Tribunal Superior, aquele ex-ministro do Trabalho corrupto, não tinha noção do conteúdo do processo, pessoal", criticou um colega feroz. "Esse sujeito nem leu o que assinou. Foi tudo armado. Tudo premeditado. Os advogados deles enxergaram lá na frente, gente, e conseguiram o que queriam."

O objetivo dos defensores da empresa era evidente: dispersar o movimento grevista e individualizar os processos. [E aquela reunião caótica era a prova de que haviam conseguido.]

"Calma, gente, por favor, calma", pedia a advogada. "Escutem! Em relação aos telegramas de demissão", e só então houve silêncio outra vez, "vocês devem enviar uma comunicação por telegrama também. Um telegrama informando à empresa da demissão reversa, aquela em que o empregado demite a empresa por ela não ter cumprido o contrato de trabalho."

Era uma orientação surreal, na minha opinião.

[E a catarse: perguntas remissivas, exposições inoportunas e acusações mútuas se misturavam a ofensas e *mea-culpas*.]

O espírito de adesão e concórdia dos meses anteriores havia sido suplantado por forças individualistas brutas [eu diria "bestiais"]. A singular coesão que atingimos antes estava rompida, definitivamente.

Agora era cada um por si; cada um que movesse o seu processo trabalhista, individualmente; cada um que tentasse receber os salários atrasados e os valores rescisórios um dia, quem sabe.

Saí à francesa, desiludido.

Fui a um bar próximo, onde eu sabia que os grevistas nunca iam e que, àquela hora da tarde, ficava vazio. Eu só queria tomar uma cerveja e me afastar daquela atmosfera derrotista. Logo notei que eu não era o único cliente.

[Havia mais um.]

Ao fundo, em um canto, um homem perdido em pensamentos girava a sua taça de conhaque com a mão direita pela boca, usando as pontas dos dedos, como se estivesse atarraxando-a na mesa.

Era Jaime.

Como não o vi sair do auditório?

Apesar de colegas, só nos conhecíamos de vista. Ele era tradutor na redação do jornal e eu, *trainee* da informática. Mesmo sendo náufragos do mesmo naufrágio, eu não me aproximaria dele para puxar conversa, mas ele me viu, fez sinal e me convidou para sentar com ele.

[Isso foi em 2001. Eu tinha dezoito anos, e ele, quarenta e quatro.]

Mas não foi por isso que fiquei meio sem jeito.

[Sempre fico.]

Respirei fundo. Caminhei na direção dele.

O garçom achou que devia transferir para a mesa a cerveja que eu havia deixado sobre o balcão. Não contestei.

Jaime fez comentários genéricos sobre os acontecimentos das últimas horas.

[E daí passamos a falar sobre tudo e sobre nada.]
Seu semblante era sereno. Não parecia triste nem revoltado com a consumação da nossa derrota, ao contrário da maioria do demitidos.

Disse que pensou em se demitir um ano antes de a empresa entrar em crise: "Eu tinha um projeto pessoal, mas vacilei, agora estou pagando caro pela minha indecisão"; e que, na assembleia extraordinária para decidir como reagiríamos ao julgamento do Tribunal do Trabalho, ele havia votado pela continuidade da greve: "Estava consciente dos riscos, por isso não me arrependo. A maior lição que aprendi na vida foi que é preciso ir até o fim, sempre, mesmo que o fim seja o abismo".

... Jaime Bastos.

Seu comportamento antissocial gerava especulações e comentários. Uns diziam que era um enrustido; outros, que era mais um daqueles malucos solteirões que passam o fim de semana sozinhos em casa jogando no computador; os mais gozadores garantiam que ele tinha dupla personalidade: cidadão de dia, assassino em série à noite; e havia ainda os que apostavam que ele sofrera algum trauma.

[Eu apenas o via como mais um tímido crônico.]

No *tête-à-tête*, porém, era desembaraçado e espontâneo.

"Perder um emprego que já estava praticamente perdido não é a pior coisa da vida", ele disse.

E antes que eu me organizasse mentalmente para perguntar o que seria para ele a pior coisa na vida, ele mudou o rumo da conversa, o que foi ótimo, aliás, porque eu não aguentava mais ouvir colegas conjeturando e tentando explicar o nosso fiasco.

Participar das assembleias foi uma experiência marcante para mim, talvez por eu ser [na época] um filho único mimado e imaturo. Mas minha situação financeira era tranquila em comparação com a da esmagadora maioria dos meus colegas, incluindo aí o Jaime.

Eu trabalhava para indignar meus pais, não por necessidade. [E ainda não estava estudando numa faculdade – mais por convicção que por incompetência.] Com uma gorda mesada, eu não tinha nada a perder. Fazer greve foi até divertido, confesso.

E então, para minha surpresa e alívio, Jaime engatou um relato [autorreferente].

*

Contou que Olímpio, seu pai, que morava a seiscentos quilômetros de onde estávamos, havia se submetido a uma cirurgia de troca das artérias das pernas por próteses; e sua mulher, Lara, sofrera uma intervenção delicada na tireoide. [As cirurgias, ambas complexas, na época, ocorreram no período da greve.]

"Durante um atendimento de rotina, um clínico geral notou um inchaço no pescoço dela e a encaminhou para um endócrino, que pediu uma bateria de exames. O ultrassom comprovou a existência de alguns nódulos, mas como as análises sanguíneas indicaram uma dosagem de TSH suficiente para o funcionamento normal da glândula, não havia com o que se preocupar", explicou-me.

Com o tempo, sua mulher começou a sentir um cansaço injustificável, dificuldade de concentração, inchaço nas pernas. Engasgava à toa. Desconfiou do "excesso de otimismo" do endócrino que a atendia pelo plano de saúde de Jaime e o casal decidiu pagar por uma consulta particular.

"Pagamos com dinheiro emprestado porque àquela altura ela já estava desempregada havia seis meses e eu, já sem receber em dia o salário do jornal."

O tal médico "caro" [dr. Wilson] cravou o diagnóstico: bócio multinodular. Os novos exames mostraram que os antes poucos nódulos eram agora centenas, o que explicava, em parte, a intolerância ao frio, o ressecamento da pele, os cabelos e unhas quebradiços e as dores nas articulações.

Com tantos nódulos, a biópsia por punção não mais podia ser feita porque era impossível pungir e examinar os nódulos um por um.

A cirurgia de Lara acabou sendo marcada para o mesmo dia e hora da de Olímpio. A previsão era de que a dele demorasse umas seis horas [da anestesia geral à liberação para o quarto] e a dela, umas quatro.

"Sozinho na sala de espera, onde eu me esquecia com o *laptop*, imaginei o que estava acontecendo no bloco cirúrgico: ela recebendo a incisão horizontal na altura da traqueia e o meu pai conectado a uma máquina bombeando o sangue e respirando por ele."

A internação dela havia sido às seis da manhã. Por volta do meio-dia, o cirurgião ligou no celular de Jaime perguntando se podiam se encontrar na lanchonete do hospital.

[Jaime gelou.]

Desceu pelas escadas, aos saltos. Ao vê-lo esbaforido, dr. Wilson pediu dois cafés e o tranquilizou dizendo que tudo transcorrera perfeitamente bem. Lara ficaria na UTI até acordar da anestesia; o resultado da biópsia sairia em cinco dias; e quanto às cordas vocais, não disse nada.

Lara foi levada para o quarto somente às quatro da tarde. [Desacordada, ela não se parecia em nada com uma "clara flor".] Tinha uma cara péssima, amarrotada, as pálpebras caídas até o meio, uma secreção branca seca escorrendo pelos cantos da boca e uma palidez perturbadora.

Os enfermeiros moveram-na da maca para a cama e deram tapinhas em seu rosto.

Balbuciou que estava com dores terríveis na cervical e no pescoço. Não era para menos. Havia ficado horas com a cabeça para trás, pendente, a nuca dobrada ao máximo.

"Ela então me perguntou o que o dr. Wilson tinha dito a respeito dos nódulos." [Jaime notou que a voz dela era a de sempre.] "A gente tinha sido avisado de que a cirurgia poderia afetar as cordas vocais e deixá-la bem rouca." [Ele disse a Lara que não havia nada de errado com os nódulos.] "Grogue, totalmente aérea, ela rebateu: 'Você está mentindo'. 'Não estou, não.' 'Está, sim, sei que está.' E aí eu vacilei: 'Só daqui a uma semana, quando ficar pronta a biópsia, é que a gente vai saber o que havia naqueles nódulos'. 'Está vendo?', ela retrucou, indignada. 'Eu sabia que você ia me esconder alguma coisa. Quando vou saber a verdade de verdade?' Aquilo foi um choque de realidade para mim."

Mesmo avisado de que Lara tinha um estômago muito sensível, dr. Wilson se esqueceu de prescrever um medicamento contra enjoos. A consequência foi mais que óbvia: uma dezena de náuseas ao longo da primeira e única noite espetada ao soro. As enfermeiras argumentavam que, além de normal, era bom vomitar. Ajudaria a expelir os resquícios da anestesia e da cirurgia.

[E o plano de saúde, claro, agilizou para que ela saísse já no dia seguinte, apesar das dores terríveis na cervical.]

"Uma semana após a cirurgia, fomos ao consultório do dr. Wilson. Ele inspecionou visualmente o pescoço dela. 'Ficou lindo, hã?', disse com orgulho, como se estivesse referindo-se a uma obra de arte, a *sua* obra de arte. Puxou lentamente com uma pinça o fino fio de linha preta brilhante que atravessava o corte. Lara sentiu comichões enquanto o fio ia saindo, inteirinho, como num passe de mágica."

Dr. Wilson se sentou, apanhou os óculos de leitura e se preparou para comunicar o resultado da biópsia. Lara começou a falar de sua tia analfabeta, que morrera de velhice, sem nenhuma doença, aos cem anos de idade, no interior do interior.

"E o dr. Wilson, mirando a gente por cima dos óculos – ele tem um nariz aquilino –, disse assim: 'Você também vai viver até os cem anos, Lara' [ela tinha quarenta e três em 2001]."

O cirurgião reafirmou que fizera uma tireoidectomia, mas que não havia conseguido remover a glândula inteira, infelizmente.

"A gente ficou pasmo, sem entender nada, mas o dr. Wilson explicou: 'Porque é como descascar uma manga. Impossível retirar a polpa de uma manga e deixar só o caroço limpo, limpinho, limpinho, não é? E a gente realiza essa cirurgia numa região do pescoço de difícil acesso. Então, uma remoção de cem por cento é um ideal inatingível'."

Jaime havia passado a noite anterior em claro, pensando na biópsia, especulando, elucubrando, como se não bastasse a incerteza reinante na segunda semana da nossa greve.

"O cirurgião abriu seu sorriso largo, feito de dentes amarelos estreitos, apertados uns contra os outros. A pergunta 'e a biópsia?' ainda pairava no ar como uma nuvem carregada de chumbo. 'Está escrito aqui: tumor liso, encapsulado e minimamente invasivo', ele disse. E eu para mim mesmo: três centímetros de diâmetro, maligno e razoavelmente extirpado."

O telefone do médico tocava insistentemente.

"Dr. Wilson pediu licença para atender. Era uma tal de Rosa, de quem ele tentou se livrar o mais rápido que pôde. Mas seu abatimento após a conversa ficou muito evidente. Seu humor mudou. Ele esfregou o rosto, limpou as lentes dos óculos e tudo o que conseguiu dizer foi: 'Olha, quando a gente tem um pressentimento, a gente tem de seguir'. Lara e eu trocamos olhares desconfiados. Lembro que apertei a mão dela, firme."

Dr. Wilson passou a detalhar o caso de Rosa, paciente dele que no ano anterior havia feito a mesma cirurgia que Lara.

Ele removeu somente os nódulos encontrados na tireoide de Rosa, não a glândula toda.

"E pensou um pouco antes de falar: 'E agora, neste exato momento, este que vocês acabaram de testemunhar, Rosa me conta o resultado de seu último exame de controle: o câncer voltou. Encontraram metástases em vários pontos do pescoço dela'."

[Naquele dia mesmo, fui ao Google ler a respeito desse maldito fantasma universal que nos remete à imagem de tentáculos que crescem, invadem, devoram, ramificam-se, enraízam, ocupam espaços e drenam energias. Encontrei explicações no livro A *vertigem da imortalidade*, de um tal Paulo Schiller: até o final do século XIX, o câncer era apenas mais uma entre as doenças que desafiavam a ciência. Depois da descoberta do mecanismo das infecções, o câncer ficou com o primeiro lugar absoluto entre os males fatais. Cientificamente falando, é a expressão de um desajuste genético. Genes que regulam a divisão celular são danificados, induzindo a célula a se reproduzir sem restrições. O nascimento, o amadurecimento, a divisão e a morte das células dependem dos incontáveis genes que estão em pequenas porções de todos os cromossomos. Células mutantes formam-se o tempo todo em nosso organismo, mas o sistema imunológico detecta as anormalidades e as destrói. A doença surge quando o sistema deixa de reconhecer essas células como estranhas. Matematicamente, porém, essa disfunção é bastante rara. De mil erros de cópia do DNA, menos de um se transforma numa mutação persistente. A gênese de um tumor maligno requer a ocorrência simultânea de vários acidentes raros e independentes numa mesma célula. Ou seja, não há dois casos geneticamente idênticos, ainda que da mesma variedade da doença.]

"Na hora H, dr. Wilson teve o *feeling* de que devia tirar toda a glândula da tal Rosa, mas optou pelo 'protocolo padrão'. 'Normalmente', prosseguiu o médico, 'quando tenho uma intuição, um *feeling*, um *insight*, eu sigo essa intuição, esse *feeling*, esse *insight*. Mas não agi assim aquele dia. Até hoje, isso não me sai da cabeça.' Por outro lado, ele ponderou, a experiência ruim dele com a Rosa o ajudou a resolver o caso de Lara da melhor maneira possível."

Lara não teria uma recaída como a de Rosa, o médico lhe garantiu.

"Há um ano, esse grilo cantava na cabeça dele, mas, em relação a Lara, o dr. Wilson agiu conforme ele acreditava que um médico devia agir, ou seja, como um ser autônomo, não como um mero executor de *scripts*. Jaime perguntou, em termos proféticos, se, indiretamente, Rosa havia salvado a vida de Lara: 'Digamos que, baseado nesse caso, reduzi a zero as chances de acontecer com a Lara o mesmo que aconteceu com a Rosa'."

Jaime encarou aquela coincidência favorável (palavras dele) como um prenúncio.

"Confesso que me identifiquei com a resposta do dr. Wilson: 'Meu caro, entendo a nossa eterna dificuldade de aceitar que somos limitados, com vidas finitas, num universo que não dá a mínima para o que a gente pensa, sente e faz. Difícil aceitar que temos de assumir as nossas escolhas, não é mesmo? De qualquer forma, evito ser fatalista'."

[E o que fazer dali em diante?]

Dr. Wilson tratou de dirimir essa questão imediatamente.

"O inevitável tecido tireoidiano remanescente tinha de ser removido", Jaime continuou. "O médico nos explicou assim: 'Por segurança. Faremos isso por meio de iodoterapia, que nada mais é do que tomar uma dose de iodo radiativo. A tireoide é ávida por iodo. A glândula então absorve o iodo e a radiação a destrói. Mas isso não é feito assim, de qualquer maneira'. Não é como tomar um analgésico. Claro que não."

[Para tomar iodo, o paciente tem de se internar em hospital e ficar em um quarto isolado, onde a radiação é medida de tempos em tempos por uns caras usando roupas que parecem de astronauta. O tempo de internação é de quarenta e oito horas, talvez menos se a pessoa beber bastante água para eliminar o que não presta.]

Apesar de meio complicado, aquilo soava melhor do que a hipótese de uma segunda cirurgia para tirar "o que restou de polpa no caroço da manga".

O problema central eclodiria dias depois, mas ainda dentro do período da malfadada greve. A caríssima terapia com iodo radiativo devia ser feita na semana seguinte, a semana em que eu e Jaime conversamos pela primeira vez. Só que agora ele também estava desempregado. Ele também estava sem plano de saúde e com dois meses de salário atrasado.

"O dr. Wilson acha que esse tratamento é inadiável", Jaime me disse, bastante preocupado.

Abri uma garrafa plástica de água com gás, enquanto ele tecia para si mesmo uns arrazoados consoladores.

"Minha irmã me disse que meu pai está lá, todo 'pespontado', parecendo um Frankenstein, mas estável; e quanto a Lara, a gente vai conseguir o dinheiro para a iodoterapia. Tenho certeza."

Daí refletiu um pouco, olhando para o lado. E continuou: "Ah, qualquer perspectiva, por mais remota, de Lara partir deste mundo antes de mim é aterrorizante", suspirou. "A vida dela alimenta a minha."

Ouvi-lo descrever Lara apaixonadamente me impactou. Ele não estava apenas falando sobre a mulher que ele amava. Estava, na verdade, escrevendo um texto em voz alta a respeito dela: "Ela possui uma plástica facial distinta, como a 'Mulher com olhos azuis', de Modigliani, exceto pelo 'azuis', claro. Os olhos de Lara são castanhos. Seu rosto é oblongo e suas reações, evidentes. Mas nada se compara ao seu sorriso. Quando ela sorri, a vida fica mais simples e fácil".

Meus pais, com quem eu morava na época, tinham um relacionamento péssimo. O oposto de Jaime e Lara. Não se mataram uma vez porque cheguei bem na hora e evitei o que poderia ter sido uma tragédia. Todo aquele lirismo dele, agora entendo, era para me dizer que, com ela a seu lado, qualquer dificuldade seria superável.

Pediu mais um conhaque.
Perguntou se eu queria outra *long-neck*.
Respondi que sim, claro.
Ele ficou calado um tempo. Girando a taça como se estivesse atarraxando-a na mesa.

*

Além da diferença de idade, era a primeira vez que conversávamos; e, no entanto, ele estava se abrindo comigo. Até hoje não sei explicar por que me senti tão seguro e importante diante dele. Só sei que foi uma sensação muito boa, como na vez em que, criança, tive a minha primeira oportunidade de acompanhar o nascer do sol.

Ele batucou com as unhas grandes na taça vazia antes de me dizer, compenetrado: "Não tivemos nem teremos filhos. Por opção".

Para ele, decisões de foro íntimo não deviam se misturar com questões culturais.

"A sociedade de consumo – seja ela cristã, judaica ou islâmica – dá uma importância absurda à paternidade e à maternidade. Estado e liberalismo são forças potentes."

[Sim, pensei comigo, aqueles comerciais de seguro de vida, fraldas e talcos – para não mencionar os anúncios típicos do dia dos pais, das mães e das crianças – são infames. O que tentam nos dizer é: "Crescei-vos e multiplicai-vos" – afinal, precisamos de novos consumidores de carros cada vez mais rápidos para que fiquem parados no trânsito; e de imóveis cada vez mais alheios às suas cidades; e aparelhos interativos cada vez mais aptos a criar "experiências". Suas digressões eram ostensivas, mas convincentes.]

"Vende-se a crença de que crianças são privilégio, bênção e benefício. E o que acontece? A carga de se ter uma se torna pesada demais. Homens e mulheres são obrigados a implementar mudanças de hábitos tão sistêmicas que suas vidas se tornam desumanas e as crianças tudo desejam e tudo obtêm. Conceber ou adotar uma criança hoje é talvez o único erro irreparável que um ser humano pode cometer, e certamente o mais difícil de admitir."

Fazia sentido? Se as crianças impedem os pais de aproveitar a vida, os pais, por sua vez, negarão para sempre que se boicotaram como indivíduos no momento em que decidiram ter filhos?

"Essas criaturinhas são bastante imaginativas quanto a impedir seus pais de serem felizes. Ficam doentes quando você decide sair para comemorar seu aniversário com amigos; ficam putos se, em vez de brincar com eles, você traz seus amigos para jogar cartas. De qualquer forma, você morrerá de culpa." [Ali me toquei para a maneira perversa com que manipulo meus pais, ambos fracos e fingidos.] "Sem se darem conta, pais e mães acabam se acostumando com o pior: anos sem uma noite plena de sono; impossibilidade de decidir sair de casa por impulso ou de voltar para casa sem se dar conta de que já passa da meia-noite; e viagens, somente aquelas de natureza infantil. Tudo isso para que os filhos sintam vergonha deles quando crescidos." [Para um jovem de dezoito anos, ter ou não ter um filho era questão irrelevante. Mas fiquei pensando no estilo de vida consumista, desperdiçador, do meu pai e da minha mãe. Eles sempre me entupiram de objetos e cuidados a fim de compensar a dificuldade que têm de dar afeto e apoio moral; e resolveram ser pais aos quarenta e quatro anos – a mesma idade de Jaime, na época –, sem noção de onde estavam se metendo. Os argumentos de Jaime, agora entendo, eram racionalistas, mas coerentes. Ou coerentes e por isso racionalistas?] "O planeta não suporta mais satisfazer as artimanhas do Estado, a voracidade da indústria – incluindo a indústria infantojuvenil – e as mentes religiosas ávidas por autossugestões criacionistas. Mas aí é preciso levarmos em conta o seguinte: apenas uma minoria de humanos no mundo leva uma vida de alto padrão, consumindo loucamente." [Nos anos 1960, pobres migrantes com instrução formal primária, como os pais dele, tinham filhos porque isso era natural e necessário. Os tempos mudaram, e muito. Hoje, mulheres de classe média e escolarizadas têm maior autonomia sobre seus corpos e desejos, mas isso criou liberdades aprisionadoras. A intimidade dos casais, independentemente de "o pai" ou "a mãe" serem héteros, *gays* ou transexuais, teria regredido a um estágio primitivo?] "Há gente demais neste mundo conturbado, perigoso e globalmente aquecido. E quem não pensa sobre esse assunto está sendo ou descuidado, ou afoito, ou ignorante, ou as três coisas. Os avanços da ciência também permitiram que mais e mais casais gastem os tubos, literalmente, com fertilização *in vitro*. Não faltam possibilidades, portanto, de os escassos recursos da Terra serem drenados em função de um estilo de vida caprichoso, alienado e autodestrutivo."

E citou estudos da época que ponderavam o genético e o ambiental em nossa formação. E se empolgou: "Acho o cúmulo do reducionismo recorrer-se a uma noção espiritualista de descendência para explicar que quem nunca quis filhos fez essa opção porque não foi feliz em sua própria família; ou porque não obteve amor suficiente de seus próprios pais; ou porque é sexualmente frustrado, solitário, egoísta, misantropo, infértil, etc.; ou porque não acredita em Deus".

Ele teve uma infância pobre, complicada.

Seu pai é um homem tosco e indiferente.

E tudo o que sei sobre sua mãe é que ela o espancava sem motivo.

"Mas isso não tem nada a ver com a minha decisão de evitar filhos." Meditou um pouco antes de dizer, em tom de desabafo: "Me irrita muito essa coisa de que a reprodução humana é uma forma de dar sentido à própria vida, em vez de uma simples opção como qualquer outra".

Perguntei o que ele achava do senso comum de que as pessoas têm filhos para contar com alguém para cuidar delas no futuro, quando elas estiverem senis ou incapacitadas.

"Não há nada de mal em filhos que desapontam seus pais no quesito 'futuro'. Até porque são os próprios pais que, paradoxalmente, levam seus queridinhos a acreditar que o 'futuro' lhes pertence e que todos devem buscar a qualquer custo uma vida melhor e mais feliz que a de seus pais." [Sua convicção era anormal, para não dizer obsessiva.] "Note que há uma esquizofrenia paradoxal em nossa educação."

E pela primeira vez ouvi o nome Mário Malta, seu amigo português.

"O Malta, que é um cara brilhante, acima da média mesmo, uma vez me perguntou assim: 'Sua sensibilidade artística, por exemplo, ela vai morrer com você?' Há muita idealização, percebe? É como se em sua certidão de nascimento estivesse escrito que você é obrigado a retribuir a permissão que seus pais lhe deram de frequentar esta civilização atrasada e medonha."

*

A conversa ia tomando corpo e se ramificando. Bebi um gole de cerveja pelo bico e perguntei como Olímpio ficou doente daquela maneira.

"Ah, ele é um homem dos tempos da Segunda Guerra", suspirou. "Até hoje prefere ceroulas a cuecas, navalhas a aparelhos descartáveis, relógio de bolso ao de pulso. Até hoje ele usa perfume Tabu e sapatos Vulcabrás; até hoje ele repete que 'carro é Volkswagen, cigarro é Hollywood e óculos é Ray-Ban'." O conservadorismo e as idiossincrasias de Olímpio o incomodavam. "Música, para ele, era bolero, mas se recusa a experimentar o 'Bolero', de Ravel. Tem aversão a chocolates sem nunca ter experimentado um. O rádio portátil de pilhas é o seu Deus pagão. Nunca acreditou que houve torturas durante as ditaduras militares e referia-se aos *hippies* como 'maconheiros que não trabalham nem estudam'."

[Impressionante, não?]

Essas descrições preliminares não me lembraram em nada os meus avós, que são da mesma geração de Olímpio. Meus avós nunca foram teimosos inflexíveis; nunca tiveram mania de limpeza; nunca tomaram comprimidos preventivamente, muito menos "ácido acetilsalicílico"; nunca criticaram ninguém com uma "franqueza que, no fundo, é incivilidade"; e nunca prezaram apenas as "pessoas que se sacrificam".

"O hermetismo do meu pai me constrange até mais do que a sua intolerância."

O velho passa horas à janela mirando um ponto fixo. Conversas com ele raramente se prolongam. Demandas cotidianas não o importunam. A maioria dos pequenos e grandes acontecimentos do cotidiano não capturam sua imaginação, exceto algumas novelas e programas de TV dominicais do tipo "gincanas".

Embora isso seja um sinal de alienação, Jaime disse que prefere o pai assim, em casa, imerso em seu mundo de cortinas abaixadas e TV ligada o tempo todo, do que em movimento.

"Nas raras vezes em que ele sai, o mundo deixa de ser administrável. Torna-se cheio de obstáculos. Acidentes incríveis acontecem. Ele tropeça, tromba nos objetos, derrama o café, prende o dedo na porta, bate boca com os 'motoristas monstruosos' no trânsito. Acompanhá-lo é uma experiência estressante. Para você ter uma ideia, quando ele melhorou de vida e pôde ter seu próprio carro, ele não o usava para não 'cansar muito a máquina'."

E parecem não ter sido inesquecíveis as poucas vezes em que Olímpio aceitou percorrer seiscentos quilômetros para levar a família para "a praia de sempre".

"Era uma operação militar, não uma viagem de lazer. Ele ajeitava a bagagem no porta-malas na véspera. Às quatro da madrugada, punha o motor para aquecer. Seus três soldados – eu, a Rita (minha irmã três anos mais velha que eu) e minha mãe – atravessávamos a escuridão como se estivéssemos fugindo de algo."

Em 1984, quando Jaime tinha vinte e cinco anos, Olímpio sofreu um AVC. Seus movimentos e a sua fala foram gravemente afetados. Aposentou-se por invalidez e, nos anos seguintes, sofreu bastante com as consequências de seu estilo de vida "extremado": alimentação desregrada, tabagismo, sedentarismo, hipertensão, ansiedade, descrença no Eterno.

"Não fosse aquele AVC, o velho estaria até hoje fumando dois maços de cigarros por dia. Por obrigação ou por imposição, sei lá, o fato é que ele pela primeira vez na vida se convenceu de que precisava mudar alguma coisa."

Durante a greve, no final de 2001, o problema de saúde de Olímpio foi um desdobramento das complicações anteriores. Ele reclamava muito de cãibras e dores nas panturrilhas, coxas e nádegas quando caminhava, porque as fibras musculares de suas artérias estavam em franca degeneração.

[Enquanto o dr. Wilson raspava "o caroço da manga" no pescoço de Lara, os outros médicos conectavam dutos plásticos às artérias de Olímpio.]

Instalaram-lhe próteses entre a artéria axilar e a artéria femoral (na virilha), mas também entre as duas artérias femorais.

Essa última cirurgia do pai reacendeu velhas memórias no filho.

Fez-se um silêncio muito mais duradouro que o vazio indiscutível de uma simples pausa.

Eu olhava para ele e ele para mim.

[Eu ia perguntar o que ele quis dizer com "velhas memórias", mas não tive coragem.]

"Minha irmã me contou que o criado-mudo do quarto do hospital onde meu pai está – isto, lá, *naquela cidade* – era a cara dele: o copo com as dentaduras escondido atrás do rádio de pilhas sintonizado há décadas na mesma estação; as cartelas de medicamentos organizadas geométrica e cronologicamente; o lenço de algodão xadrez azul dobrado debaixo dos óculos bifocais... Dito assim, parece folclórico, mas é duríssimo suportá-lo dia após dia."

Jaime evitava nomear a cidade onde nasceu e foi criado, a mesma onde seu pai estava morando. E por que dizia *aquela cidade* em vez de "a minha cidade" ou "a cidade onde nasci/cresci"?

Aquela ênfase toda me pareceu depreciativa, como se o lugar onde ele passara metade da vida não mais lhe dissesse respeito ou não passasse de uma abstração.

[Notei que ele era do tipo que se recusava a pertencer (ou a se sentir pertencente) a lugares, grupos e organizações.]

"A recusa do meu pai em expressar sentimentos é inimitável", prosseguiu. "Ele não manifesta afeição, não compra presentes, não elogia, não tece comentários sobre ninguém nem repercute os relatos alheios. O problema não é saber se ele é psicologicamente capaz de um gesto de carinho ou se talvez o faça por meio de códigos que só ele domina. Não, não é isso. Durante muitos anos a minha interrogação foi outra: por que ele nunca tentou?"

Chegou a pensar que seu pai fosse um autista de tipo raro.

"Acho que ele tentava imunizar as pessoas para que elas nunca se lembrassem dele. E o pior é que ele conseguia. Logo depois que minha mãe faleceu (eu estava com dezesseis anos, mais ou menos), me lembrei de repente que eu tinha um pai. Juntei as letras do primeiro nome – O-l-í-m-p-i-o – e aconteceu uma coisa estranha: o substantivo se dissolvia, não virava imagem. Ele é uma lacuna, não tem corpo."

O relacionamento dos dois sempre foi conturbado, pelo que entendi, mas o grave AVC ocorrido em 1984 foi um marco do renascimento de ambos – um como pai, o outro como filho.

A decadência de um aproximou os dois.

"Antes, éramos muito distantes. Tanto eu quanto ele possuíamos uma espécie de esconderijo pessoal. A gente se escondia tão bem que, mesmo morando debaixo do mesmo teto, nós nunca nos encontrávamos."

Jaime assumiu, na época, o papel de pivô da recuperação do pai. Dedicou-se ao máximo. Dava banho, secava, barbeava, escovava as dentaduras, vestia, amarrava os sapatos. Levava-o diariamente às clínicas de fisioterapia e fonoaudiologia; e conduzia em casa as séries de exercícios terapêuticos.

Olímpio teve de reaprender até a engolir água usando canudinhos.

"Tinha de gargarejar e fazer bolhas de sabão; comprimir bolas de tênis com os cinco dedos da mão afetada; andar com e sem bengala; ler revistas em quadrinho em voz alta; repetir palavras iniciadas com 'm', primeiramente, se olhando no espelho; e passou a desenhar o nome com a mão boa, a esquerda, embora seja destro."

Quando começou a apresentar melhoras psicomotoras, Jaime quis que ele voltasse a dirigir – a única paixão de Olímpio, ao que parece.

Isso numa época em que a moeda corrente valia tanto quanto uma lata velha, uma lasca de pedra ou um bolo de papel amassado.

Estudante de Ciências Sociais, Jaime possuía um Fiat 147 ano 1978 azul com o chassi já bastante apodrecido. Os buracos no teto e no assoalho, ele tapou com epóxi. Mas aquele carro serviu também para elevar um pouco a autoestima de Olímpio.

"Uma atitude irresponsável, reconheço, porque ele não tinha reflexos."

[A ideia de o pai ser seu dependente eterno era perturbadora.]

"Eu era muito jovem. Minha irmã já estava casada, morava noutro estado, e o meu pai é um sujeito superdifícil: generoso com dinheiro, mas ranzinza; honesto, mas grosseiro; decidido, mas estreito. E muito, muito,

muito pessimista. Essas ressalvas e ponderações, embora desprovidas de amor, me levaram a aceitar que eu precisava ajudá-lo a se reerguer até para poder seguir com a minha vida."

[Jaime se sentia um "burro de carga" nessa época. Precisava de um pouco de prazer. Um pouco de ternura. Um pouco de qualquer coisa.]

"Luto para não ser amargo como ele. É o que me move adiante."

*

E num daqueles confusos exercícios de direção, Olímpio quis por todos os meios que o filho lhe permitisse conduzir o carro na volta para casa. Jaime não deixou de jeito nenhum.

Os reflexos.

"Não dava."

E tomou-lhe a direção à força.

O para-todo-o-sempre-mandão-irredutível Olímpio ficou uma fera.

O velho fez a volta, arrastando-se, puxando a perna lerda e esmurrando prepotentemente o aço do Fiat caquético.

Abriu a porta e entrou, de costas, deixando-se desabar sobre o assento. Girou o corpo em sentido anti-horário, carregou a perna direita para dentro usando a mão boa, a esquerda, e com a mesma mão puxou – na verdade, bateu – a porta com uma força tão desproporcional que o carro estremeceu inteiro.

"Foi a gota d'água. Dei um grito arrogante com ele: 'Não bata a porta do *meu* carro, porra!'."

E aí o velho surtou.

As carótidas entupidas de placas de colesterol incharam.

O rosto foi ficando mais e mais vermelho, ofegante e turbulento à medida que sua desarticulação vocal o obrigava a engolir, pois não devia estar conseguindo verbalizar, os impropérios que lhe vinham à mente.

"Fiz muito pelo meu pai, mas o meu estresse estava altíssimo."

Ao perceber que, em vez de voltar para casa, Jaime tomou a direção do supermercado, Olímpio começou a se sacudir, apontar o lado oposto e emitir ruídos indecifráveis, dementes, tremendo como se fosse ter um ataque epilético.

Jaime implorou que seu pai tivesse paciência e ficasse quieto.

E aí, entre urros e grunhidos, Olímpio finalmente articulou alguma coisa, digamos, compreensível. Com uma dicção límpida (a fonoaudióloga teria ficado tão contente quanto chocada, se o ouvisse naquele momento), o velho disse: "Fêêêdaputa!".

O quê?

Fêdaputa...

E engatou, como se entoasse um refrão.

Não parava.

"Pare agora com isso, pai."

Fê-da-puta, ele repetia, vingando-se.

"Meu sangue ferveu. 'Pare com essa merda. Já!', esbravejei. Mas ele, além de me ignorar, ria cada vez que pronunciava o seu fêêê-daaaa-puuuuta. Era como se ele tivesse redescoberto a linguagem oral de repente. Encostei o carro. 'Se você não parar com isso, vou te pôr para fora', ameacei. Ele abriu a porta do carro, puto da vida, e, aos trancos, perdendo um pé do sapato, saiu pela rua."

[Que pai jogo-duro!]

O desenvolvimento psicomotor de Olímpio estagnara. O auxílio fisioterapêutico e fonoaudiológico não mais surtia efeito.

[A última vez que o vi, ele mal conseguia se locomover e se expressar.]

Arrasta uma perna e é pouco operoso.

Balbucia palavras e frases soltas com uma inflexão infantil.

O prazer de comer o que lhe apetece foi praticamente suprimido de sua memória vacilante. Segue agora uma dieta rígida, que ele jamais teria aceitado antes de a Senhora Morte lhe fazer sérias ameaças e que ele jamais seguiria sem a incansável vigilância de Lourdes, a diarista promovida a enfermeira permanente em 1988.

"Lourdes é uma santa."

*

E quando tudo indicava que não teríamos assunto, aparecia um. Gatos! [Tabs – é assim que chamo a Tábata, minha namorada – "curtiu".] Algumas semanas antes da tireoidectomia, Lara disse que queria ganhar um gato de presente de aniversário. O pedido era irrevogável.

"Ela ficava me sondando, mas eu desconversava. Nunca achei boa a ideia de ter animais domésticos."

Um belo dia, Jaime voltou do trabalho para casa por volta das duas da madrugada, depois de um dia estressante no jornal prestigiado falido (imagine como é trabalhar como um cavalo sem a certeza de que irá receber seu salário).

Serviu-se uma taça do vinho tinto aberto na noite anterior e preparou um sanduíche de queijo quente. Estava exausto. Só pensava em ir logo dormir "umas mil novecentas e vinte e quatro horas ininterruptas".

"E não é que ouço um estranho ruído na área de serviço? Fui lá, abri a porta do quarto de despejo e encontrei dois gatinhos desesperados. Havia um prato de ração virado para baixo, água entornada, pelotas de cocô, poças de urina e ratinhos de borracha."

E antes que fechasse completamente a porta na qual Lara havia colado o bilhete "amanhã conversamos", os gatinhos escaparam. Desembestados, invadiram a cozinha.

"Me driblaram uma, duas, três vezes, e se esconderam debaixo do fogão. Eu tentava espantá-los com uma vassoura, mas fugiam. Cabiam em qualquer fresta! Quando eu conseguia afugentá-los de esconderijos incríveis, o que faziam? Berravam como recém-nascidos famintos."

Carregar os gatinhos de volta ao quarto de despejo com as próprias mãos era impensável. Fóbico, Jaime nunca havia tocado em "mamíferos vertebrados não humanos".

E os gatinhos zanzavam pela sala um tanto cambaleantes, vasculhando tudo, cheirando cada canto, correndo e rolando pelo chão como bolas de gude. Exploravam todas as dimensões possíveis e, de tempos em tempos, tentavam e conseguiam facilmente esbofetear seres imaginários no ar.

Jaime não acreditava no que via.

Virou a última taça do tinto já meio azedo pensando que sua vida não lhe pertencia e que seu lar era um território ocupado.

"Minha reação foi patológica, reconheço."

Três taças de tinto depois, surpreendeu-se com os gatinhos enroscados em seus pés. Olhavam para ele como pedintes. Não resistiu. Colocou os dois no colo, num gesto obviamente irrefletido, e, dali em diante, foi impossível fazer qualquer coisa, exceto brincar com os dois.

"No dia seguinte, eu disse à Lara: 'Está bem, mas é você quem vai cuidar deles'."

Havia o filhote preto do peito branco. Hiperativo, teimoso e xereta, tinha uma energia invejável. Caçador aplicado, perseguia bolas de borracha, camundongos de brinquedo, rolhas, bolas de papel e barbantes. Punha-se alerta ao toque do telefone, ao girar da chave na fechadura, ao farfalhar de uma sacola plástica de supermercado. Antes de completar um ano, já havia alcançado e vasculhado todo o apartamento. Seus saltos eram tão ambiciosos quanto imprecisos: derrubava bibelôs, porta-retratos, chaves, livros, qualquer coisa.

Emitia um miado breve de aviso antes de escalar locais proibidos, como a pia e a mesa da cozinha. Quando flagrado no descumprimento dessas e outras normas, fugia desabaladamente, riscando o assoalho com derrapagens loucas.

Lara também não tinha experiência com gatos. Ela estranhava o modo como o filhote se esfregava nas pontas dos móveis e nas pernas dos visitantes, caminhando de modo tortuoso. Pensava que o bichano estava entediado. Tampouco entendiam por que o gato não fazia cocô na bandeja de areia (fazia ao lado da bandeja, mas nunca dentro dela).

"No início, achamos que era vingança. Mas não. Nada a ver."

Cismaram que o filhote era sensitivo.

"De repente, ele começava a perseguir a gente pela casa. Arranjava um jeito de ficar de frente para nós e vidrava os olhos nos nossos. De um modo penetrante mesmo, como se quisesse nos dizer alguma coisa importante. Era muito esquisito. Se eu fosse supersticioso..."

Amigos orientaram que não era necessário esperar um ano para esterilizá-lo, e que, depois de castrado, ele engordaria e ficaria mais preguiçoso, lento e chato. Tinha já uns seis meses de idade quando Jaime o levou ao veterinário para a cirurgia.

Foi de manhã, bem cedo. Às cinco da tarde, voltou para buscá-lo. O gato estava dentro da caixa de transporte, completamente desligado.

Em casa, quando Jaime abriu a porta da tal caixa, o bichano saiu dela, cambaleante. Deu alguns passos e desabou. Não havia se recuperado ainda da anestesia geral. Levantou-se, olhou para o "dono" e miou com todas as forças, demonstrando um sofrimento de morte.

"Eu me sentei na poltrona de leitura e coloquei-o no meu colo. Ele apoiou a mandíbula sobre as patinhas cruzadas em cima da minha coxa. Afaguei-o com delicadeza. Ele ficou quietinho. Dormiu logo, como um bebê. Veja só: um gesto pequeno meu com o 'outro' me propiciou uma experiência de grande beleza."

No escritório, o gato não dava paz. Rodeava a cadeira giratória, emitia miados abafados, arranhava os dicionários, pulava sobre a escrivaninha, tentava bloquear a visão da tela do *laptop*. Depois se atirava desajeitadamente sobre o teclado, contaminando com letras repetidas o arquivo de traduções de não ficção de Jaime, que, vencido, cedia. E o gato dormia ali, mas não *sobre* o teclado. Sobre o teclado, nem pensar. Aí também já era demais!

"E qual era o problema de conceder um pingo de atenção a uma criaturinha que, no fim das contas, era também minha, pois morava comigo? A vida estava me cobrando maleabilidade e lirismo", concluiu antes de virar o último gole de conhaque.

O outro gatinho?

Outra, na verdade.

Amarela e dócil, com intensos olhos vítreos cor-de-limão.

Essa gatinha se envolveu em uma série de distúrbios orgânicos. Começou com umas diarreias inexplicáveis que a desidrataram (e empestearam o apartamento). O terceiro ou quarto veterinário consultado apostou em alergia à ração. Trocaram a ração dela por uma importada, muito mais cara, evidentemente, mas... deu certo.

E o primeiro cio dela foi intempestivo.

Aconteceu no dia do aniversário de Jaime.

"Éramos umas dez pessoas, reunidas de última hora, para bater papo. Lara providenciara pães, queijos e tomates-cereja. Conversávamos na sala ao som do trompete de Chet Baker, baixinho, quando, de repente, ouvimos um gemido persistente, choroso. A gata estava no meio da sala com o traseiro arrebitado, esfregando os bigodes no chão como se sua cabeça fosse um pincel."

Todos os olhos se voltaram para ela, que se jogava de barriga para cima, depois virava-se, com as pernas abertas, miando de um jeito tão sofrido que dava pena.

"A gente se entreolhou, estarrecido. Rimos em coro, até não poder mais. E a gata lá, perdida, carente."

Na semana seguinte, Jaime, o "dono" [ele ainda se constrangia quando se referiam a ele assim], levou a gatinha para a esterilização.

A cirurgia em si foi simples, corriqueira.

Mas não a recuperação.

Colocaram nela uma máscara parecendo um abajur, para que ela não tentasse arrancar o curativo da cirurgia e para isolá-la do filhotinho preto de peito branco. Ficou trancada uma semana no terceiro quarto do apartamento cujo aluguel estava atrasado. Na véspera do dia marcado para a retirada dos pontos, o "dono" percebeu que na região do corte havia um caroço assustador, uma bexiga de ar do tamanho de uma bola de bilhar.

Ligou para o veterinário experiente.

Os pontos internos arrebentaram, Jaime. Traga-a aqui imediatamente. Vou ter de operá-la de novo.

Mais uma semana de isolamentos e estresse.

E não era tudo.

Noutra ocasião, ela acordou com o que parecia ser uma gripe: espirros, coriza, lacrimejamento, respiração ruidosa, secreção verde-escura. Nem alopatia nem homeopatia resolviam.

É sequela de doença respiratória crônica. Não tem cura.

Em dias frios e secos, o único tratamento que facilita a respiração dela é a inalação com soro fisiológico ou com antibiótico.

E o drama mais recente da gata amarela fora causado por obesidade, em parte. Ela é tão ou mais gorda que o Garfield. Três lavagens intestinais não dissolveram a rocha fecal – megacólon – de uns seis centímetros de diâmetro.

A solução foi uma cirurgia de alto risco, em que os veterinários lhe cortaram um pedaço do intestino para desobstruir a passagem das fezes. Com o corpo despelado, as patas cheias de marcas de agulha de soro e usando uma fralda descartável, a convalescença foi uma novela. Consumiu noites de sono e uma grana considerável – que o casal não tinha, para variar. E os dias difíceis estavam só começando.

A comunidade felina fundada por Lara e presidida por Jaime ainda encontrou espaço para uma vesguinha de olhos azuis-celestes, elegante ao andar e meiga; que percorria longas distâncias incólume; que dormia com as patas nos olhos para se proteger da luz do sol; que exigia pouco e nunca arrumava encrenca.

"Vê-la brincando com uma rolha, quando exibia toda sua agilidade e exatidão, era um espetáculo à parte."

*

Jaime se levantou para ir ao banheiro. No caminho, pediu a conta.

Olhei para o lado de fora.

A rua estava escura.

Anoitecera sem que percebêssemos.

Outras mesas do bar foram ocupadas e o eco de vozes ia além do inoportuno.

Sozinho na mesa, pensei naquele homem vivido e maduro lidando com os efeitos colaterais de um passado que não passava.

[Sua biografia estava cheia de experiências bem e mal terminadas, e as poucas lembranças, ou as conotações que ele dava a elas, pairavam sobre tudo. Imagine enfrentar todos esses problemas durante uma histórica greve de vinte e quatro dias, e com o salário atrasado, e duro, e com a mulher e o pai internados.... Impressionante!

E o pipocar de umas acnes primeiramente na testa e depois em todo o rosto era nada menos que somático. Ele se consultara aquele dia mesmo, pela manhã. A dermatologista lhe receitara um creme e garantiu que o que ele realmente precisava era... socar travesseiros! Socar com todas as forças.

[Genial isto.]

A conta chegou.

Paguei-a sem vacilar.

Assim que Jaime voltou do banheiro, ousei fazer a pergunta que atravessara nosso encontro de ponta a ponta: por que um cara com a inteligência dele estava há tanto tempo traduzindo notícias bobas do inglês naquela droga de jornal governista falido?

"Você vai descobrir em breve", ele respondeu me entregando um papel com seus telefones e *e-mail*.

Ah, então aquele diálogo [quase um monólogo, na verdade] de generalidades um tanto específicas não ia terminar ali?

Que ótimo, pensei.

*

Dias depois, as demissões por justa causa logo foram revertidas para sem justa causa, como era de se esperar, mas isso não teve nenhum efeito prático imediato.

Juridicamente falando, a gente apenas passava de réus a vítimas [o que, aliás, sempre fomos].

No mais, a justiça é uma lesma e o jornal – o que restou dele, quero dizer – foi de mal a pior até fechar.

Nos anos seguintes, Jaime teve de se virar como revisor e tradutor *freelance*. Cada trabalho era menos desafiador que o outro.

Só conseguiu emprego fixo cinco anos depois da greve [quando a nossa amizade já era outra], na Editora Dez, onde o ambiente era nada menos que insalubre e a capacidade de pesquisa de Jaime – ele ainda encarava a pesquisa como arte – nunca foi bem aproveitada.

Embora não se incomodasse por ser "um funcionário como outro qualquer", tomou medidas corajosas para preservar seus princípios, que eram totalmente inadequados ao padrão corporativo da Dez.

Ele respeitava horários de entrada e saída; fazia questão de almoçar decentemente; não lanchava em frente ao computador, como um desesperado; recusava-se a dar satisfações sobre as suas ausências para ir ao banheiro ou para ir buscar um café na copa; e, ao telefone, falava baixo para não ser ouvido pelos colegas.

[Esses pavilhões de baias baixas são aterrorizantes, sem dúvida.]

Na Editora Dez, que edita "várias revistas debiloides", essas minúsculas "rebeldias" eram malvistas; e os funcionários cultuavam a permanência na redação até muito tarde, mesmo sem necessidade, para desespero do velho senhor [a editora-chefe se referia a Jaime assim]. Nos dias de maior pressão – a finalização da edição de alguma revista, por exemplo –, a mulher-monstro [ele se referia assim à editora-chefe] intimava seus assistentes a trabalhar madrugadas adentro.

Puro masoquismo.

O trabalho era angustiante.

A *chefa* consumia horas ou mesmo dias (a versão impressa da *Bem-estar*, carro-chefe da Dez, era mensal) tentando reescrever de cabo a rabo os textos de Jaime.

Logo ele, o único ali que sabia [de fato] escrever alguma coisa. Na maioria das vezes, ela desistia da sexta ou sétima nova versão gerada e liberava a versão original – sim, a íntegra do que o velho senhor havia produzido com a maior facilidade.

Ironia das ironias, a *chefa* era a encarnação do mal-estar dentro de uma revista chamada... *Bem-estar*.

Fumante inveterada, tudo nela remetia a cigarro: do hálito ao olhar, do cabelo seboso à mentalidade, da voz cavernosa à aparência geral. Seu caráter deplorável e sua fome de controle causavam repulsa, mas também o seu físico: gorda, rosto redondo-achatado-imenso, pele sulcada, lábios arroxeados, dentes proeminentes.

"Zero de senso estético."

O *layout* da redação tampouco ajudava. As bancadas eram abertas, um amontoado de gente se acotovelando, e a mulher-monstro ficava frente a frente com o velho senhor, perto mesmo, a uma distância de não mais que cinco palmos.

Eu vi.

Ela monitorava as conversas dele ao telefone.

E o mais absurdo era que, apesar de toda aquela proximidade física, a gorda [aceita-se hoje esse tipo de "julgamento moral?"] se comunicava somente por escrito, colando lembretes amarelos nos monitores.

Naquele caos, você até podia ser promovido, mas isso nem sempre significava promoção. Jaime que o diga. De repente, elevaram-no para baixo. Em vez de apenas produzir, traduzir e revisar, deram-lhe uma mixaria extra por mês para ele escrever textos sobre gastronomia "com sabor e requinte" para o *site*; e artigos "alto-astrais" sobre esportes, saúde e lazer; e crônicas "leves" sobre "o consumismo patológico da sociedade".

Ele passou a cuidar de uma seção meio infantojuvenil de dicas como "o que fazer para não ficar com cara de sono ao acordar" ou "como manter a cabeça sob a luz para fazer o cabelo crescer mais rápido".

E ainda tinha de localizar especialistas para responder às mensagens de leitores e internautas.

"Olá, meu filho de três anos não aceita carne de boi e de frango. E aí?"; ou "Meu cotovelo está crescendo: não sei o que fazer."

Mas acho que o que ele mais odiava era captar respostas para enquetes como "Você dá conselhos?", "A mentira é necessária?", "Qual o seu ponto forte?".

Durante a redação de um artigo sobre S&G (Saúde & Gestão!), descobriu a expressão exata para descrever os procedimentos da chefa: assédio moral.

Influenciada por um curso de *coaching* feito no exterior (o assunto ainda não era popular no Brasil), ela tentava transformar Jaime em extensão ou subproduto da logomarca da Dez.

Em suma, ele devia atuar como se ele próprio fosse uma marca.

"Jaime Bastos S/A – temporariamente cedendo a sua carne e a sua alma para a Dez."

Como ele não é assim – não trabalha em equipe nem veste a camisa de time algum, nunca –, a gorda [?] o rotulava como "o desmotivado" ou "o *doctor blasé*".

"Aquela demente nem faz ideia do que *blasé* significa."

Um homem tão culto naquele mundinho ordinário?

Eu não me conformava.

Desmotivado e exaurido, desenvolveu verdadeira ojeriza às coesões internas, aos enquadramentos funcionais de produtividade, aos ajustes de perfil corporativo e às fantasias de liderança. Me lembro do episódio em que ouviu de alguém, "bem na frente de toda a humanidade": "*Você não é nada mais que um esquisitão!*".

Conteve-se para não elevar o dedo médio em riste e dizer "Você é uma extrovertida imbecil".

Jaime não suporta gente que cultua a extroversão cegamente.

Recuou, porém.

E cada recuo, importante dizer, cristalizava sua sensação de fracasso. Às vezes, fechava-se como uma ostra. E assim ficava. Vários dias.

A libertação da *Bem-estar* demorou anos.

[E a verdade é que depois de conhecê-lo tomei decisões extraordinárias: dei um talho nos cabelos desfiados esquisitos e os tingi de preto, pois sempre tive vergonha de ser loiro; doei para um instituto filantrópico as roupas góticas, incluindo no pacote os coturnos, braceletes e crucifixos; prometi a mim mesmo me concentrar em algo: pôr fim à minha magreza aflitiva entrava na pauta novamente. E convenci meus pais a emprestarem ao Jaime o dinheiro para a iodoterapia de Lara.]

De: lara@vox.net

Para: hugo.winttenberg@gmail.com

Assunto: Meu poema que te falei

DESATENÇÃO

Tudo ao mesmo tempo
Passado
Nunca menos veloz
Sentado
Zeros a anular somas
Resta o inacabado.

Engordar subtrai
Emagrecer expande
Aceitar o próprio corpo
Ou abandoná-lo?
Em troca de si.

Lara Souza

2
INSTANTES QUE CONTÊM TUDO

VOCÊ OUVE O TEMPO TODO QUE NUNCA O SER HUMANO teve tanta liberdade para acessar, escolher, se expressar, enfim, "criar um perfil" [vá descobrir o que isso significa]; e que tudo está em tudo, em toda parte. No entanto, na minha modesta opinião, só o amor e o comércio continuam onipresentes. O amor, porque é tão necessário quanto incompreensível; e o comércio, por ser um gerador de lixo e inveja.

"Blinde-se do entretenimento boçal", Jaime costumava me dizer. [Fui muito influenciado pelas ideias dele.]

Mas é melhor não nos iludirmos: criar um aparato de autodefesa irá consumir um bocado do seu tempo cada vez mais livre, mas que você enxerga como estando cada vez mais escasso porque não faz ideia de como usá-lo de fato a seu favor e por isso vive correndo por aí atrás da sua própria cauda sem perceber que está agitado desnecessariamente. Num mundo em que trilhões de opções conduzem a trilhões de outras opções que praticamente nos impedem de optar, você tem de dar uma (ninguém está imune à idealização) de rebelde, às vezes, e rejeitar a lógica implacável do Sistema [você que pensa: o Sistema jamais cai, pessoal].

Balanços sobre gerações rapidamente se transformam em pó, sei, mas como não reconhecer que o Sistema se apropriou de maneira espetacular das fraquezas da Geração Y? Os experimentos de que fomos cobaias se ancoraram na premissa de que computadores pessoais, videocassetes, videogames e CD *players*, tecnologias que abriram o caminho para a revolução digital, ampliariam a nossa ilusão de que é possível atingir uma felicidade sólida e permanente.

Conheci esses *gadgets* ainda criança, enquanto estudava em boas escolas, tinha aulas de natação e idiomas, e viajava ao exterior com meus pais pelo menos uma vez por ano. Recebi injeções de cultura *pop* na veia dia e noite desde o nascimento. Em qualquer país atrasado, a infância e a adolescência folgadas que tive já eram vistas como um privilégio absurdo [Jaime não pôde sequer sonhar com essas coisas antes de seus trinta anos de idade]. E não me lembro de ninguém me mandando mover minha bunda preguiçosa dos lugares nos quais ela grudava.

Quanto à formação, a mensagem [não verbalizada] era clara: "Tudo será fácil se você fizer as escolhas certas, filho, levando em conta, sempre, o talento, o *seu* talento – para criar e fazer funcionar o mundo, o *seu* mundo". Aos dezoito anos, eu já havia considerado várias carreiras: jogador de futebol, arquiteto, músico, economista, ator... Estou certo de que não possuo talento para nada. E ainda por cima me falta o essencial, que é a vontade.

Vontade é o mesmo que ambição?

[Sem ambição, a gente fica meio niilista. E estúpido.]

O fato mais relevante é que nesse contexto de mútuas induções ao engano, nenhum gênio foi capaz de criar um aplicativo que acabe com a segunda-feira. E de sete em sete dias, nasce uma para me lembrar de que minha vida, aos vinte e oito anos de idade, ainda é bege.

Tudo parece provisório.

[Quando escrevi isto, eu ainda não havia reencontrado a Tabs!]

Lazer...

Séries fantásticas [especialmente as vampíricas], *games* e quadrinhos atenuam as frustrações.

Emprego...

Trabalho na área de sistemas de uma multinacional de cosméticos. Nada a ver com psicologia, mas é bem pago.

Moradia...

Também por influência do Jaime, decidi sair da casa dos meus pais. "Quando se vive na mesma casa, você sente tudo o que os outros pensam. E pensa sobre tudo que os outros sentem." Há sempre gente entrando e saindo do apartamento que divido com um amigo, que, na prática, não saiu da adolescência.

Ah, como os *baby boomers* foram complacentes conosco. Em vez de choques de realidade, deram corda ao nosso ego; inventaram que o trabalho deve ser tão prazeroso quanto tomar sorvete numa tarde quente.

No meu caso, um agravante: a linguagem audiovisual. Ela me condicionou. Por outro lado, querem saber? Os conceitos de obra e fama ficaram tão elásticos que basta um pequeno ajuste de parâmetros para você se colocar no patamar de gênio, não? [Será que tergiversei demais? Tergiversar: *love that word!*]

O fato é que cinco anos depois de conhecer Jaime minha vida não era mais a mesma. Graças ao apoio moral dele, não só ingressei numa faculdade como estava a um passo de terminá-la. Com paciência e tato, ele me fez enxergar que minha recusa em prestar o vestibular era inconsciente. "Qual a vantagem [para você] de retardar ou impedir uma formação tão importante só para afrontar a família?"

No início, meus pais não digeriram muito bem a minha opção pela psicologia. Esperavam – sempre esperam, aliás – algo mais "consistente". Até reconhecerem que a experiência universitária vinha me tornando mais autocrítico (não posso dizer o mesmo deles, infelizmente) e mais independente (embora eu fosse estudante *full-time*). E o curso ativara em mim habilidades que talvez estivessem latentes, como o estudo sistemático, a observação comportamental acurada e a leitura atenta.

Eu ia sempre à biblioteca da USB.

E foi exatamente durante umas pesquisas sobre psicopatologia (tema do meu TCC) que aconteceu.

Acidentalmente.

Ao passar os olhos pelas estantes à procura dos títulos que busquei no catálogo *on-line*, notei uma encadernação espiral em tamanho A4, volumosa, enfiada entre livros bem menores – que não a impediam de vergar, aliás. Fosse o que fosse, a peça destoava, e as coisas destoantes, sabe-se desde os tempos imemoriais, atiçam a curiosidade.

Título: *A língua é minha pátria: um estudo etnográfico sobre imigrantes lusófonos na região de Lisboa.* [Tese apresentada ao Programa de Pós-Graduação em Antropologia Social para obtenção do título de doutor.] Autor: Jaime Bastos.

Seria o mesmo?

Que ele se formou em Ciências Sociais, eu sabia, mas... nunca tinha ouvido a palavra doutorado sair da boca dele em contexto de relato pessoal. E já nos conhecíamos havia cinco anos! Telefonei imediatamente, intrigado. Primeiro perguntei de Lara [ela havia tido uma recaída, sobre a qual falarei noutro momento].

Mencionei o achado.

"Por um acaso, você conhece o gênio que escreveu esse calhamaço amarelado que está aqui nas minhas mãos com um título longo que começa com '*a língua é minha pátria*'?", provoquei-o.

Silêncio.

"Alô, Jaime?"

Nada.

"Alô, está me ouvindo? Jaime!"

A ligação caiu.

Tentei de novo, várias vezes, mas só dava ocupado.

Essas operadoras são uma droga, todas, pensei.

Encasquetei que devia levá-la para casa.

E fui ao balcão.

"Que estranho", disse a estagiária olhando fixamente para seu monitor. "Esse título não aparece no sistema."

Pediu que eu aguardasse e saiu. Uns 15 minutos depois, retornou. "Não tem ficha no arquivo físico também", ela concluiu.

Inexperiente e robotizada, a moça ficou confusa, sem noção de como proceder. Era a primeira vez que se deparava com uma situação como aquela (novata mesmo, ela). Mas não se mostrou prestativa. Na verdade, estava pouco se lixando para mim. Tanto que resolveu o problema encerrando-o: "Não emprestamos material sem registro".

Se eu deixasse a tese ali para que a estagiária a encaminhasse ao "funcionário responsável pelos inventários", o risco de a obra se perder era altíssimo. A biblioteca da USB possui um acervo excepcional, mas sua gestão é péssima.

"Tudo bem. Leio aqui mesmo", falei.

Em vez disso, escondi-a numa estante de difícil acesso, atrás de uns romances de autores portugueses do século XIX envoltos por espessas camadas de poeira. Anotei num papel o ponto exato, para eu não esquecer. [A ideia era examiná-la noutro momento.]

No dia seguinte, tarde da noite, Jaime telefonou. Estava tenso, angustiado. Seu tom de voz era frio e opaco. Disse que Lara vinha sentindo dores para engolir e que o dr. Wilson havia pedido vários exames. Mas o motivo do contato era outro.

"A tese que você encontrou", ele disse, raspando a garganta, "é minha, sim, e eu gostaria de conversar com você a respeito dela."

Repetiu três vezes "não é urgente", mas sugeriu o encontro para dali a dois dias.

"Em particular."

*

Apesar do calor infernal naquela tarde de sábado, o apartamento deles (de fundos, cercado por edifícios altos) exalava um frescor reconfortante. O implacável sol de verão nunca incidia na sala de estar e as agitações da rua não penetravam pelas janelas. Ele cuidara para que nos sentíssemos à vontade e não fôssemos interrompidos. Antes mesmo de eu chegar, deixara sobre a mesa jarras de água, copos, uma garrafa de café, xícaras, misturadores e um pote com cubinhos de açúcar.

A curiosidade me dominava.

Lara tinha ido visitar uma amiga.

Os três gatos dormiam no sofá, entrelaçados.

A quietude era perfeita para um diálogo, mas Jaime ainda tratou de levantar a agulha da faixa *"Gary's theme"* do vinil *You must believe in spring*, de Bill Evans, instaurando um silêncio que agora só seria quebrado eventualmente pelo ronronar esporádico da gata amarela gorda.

E desligou o celular [ele pregava que a telefonia móvel destruíra as relações interpessoais e abrira o caminho para "uma nova era de tagarelices num mundo em que cada um cuida somente do próprio umbigo"].

Sentamos em poltronas individuais, próximas uma da outra, frente a frente. Trocamos comentários vazios sobre futebol até ele me fazer uma espécie de exame de fundo de olho.

"Então, Hugo... é o seguinte: tudo o que vou lhe contar aqui deve ficar entre nós. Nem Lara pode saber, ok?", pediu, sério. Parecia a um passo de revelar uma identidade secreta ou a chave de um enigma. "Outra coisa que você precisa ter em mente desde já é que o Jaime que você está vendo agora é muito diferente do Jaime que escreveu aquela tese."

Era como se estivesse se referindo a um Jaime que nunca me havia sido apresentado. Expressava-se com racionalidade, mas havia em sua exposição uma desordem inédita [e premeditada]. Defensivo, pisava em ovos. E o fato de eu estar prestes a me tornar psicólogo formado [ou a projeção que ele dava a este fato] parecia pressioná-lo a querer demonstrar um domínio de conceitos que ele não possuía.

Suas digressões, a princípio, não faziam sentido.

Mas agora entendo:

"Tenho uma recordação muito intensa que vai te ajudar a entender um pouco o que me move no mundo. Tem a ver com a Tia Mirtes, irmã da minha mãe. Ela trabalhou como cozinheira na cantina da precária escola pública em que estudei, *naquela cidade* – uma escola sem água potável, para você ter uma ideia. A água vinha de um caminhão-pipa, de vez em quando. Apesar de semianalfabeta, Tia Mirtes era uma observadora sensível. Um dia, escutei detrás da porta uma conversa entre ela e a minha professora de matemática. Como se fosse hoje, lembro da Tia Mirtes dizendo exatamente assim: 'Ah, o Jaime vive no mundo dele. Acho que ele não nasceu da barriga da mãe dele, não. Ele veio de outro lugar, e é para esse tal lugar que ele está sempre tentando voltar'. Eu devia ter uns dez, onze anos".

A essência de suas lembranças denotavam uma hipótese fechada a respeito da formação de sua personalidade, como se seu espírito livre fosse uma espécie de reação radical ao autoritarismo velado de sua mãe e à indiferença explícita de seu pai. [Mais essa: eu me metendo a psicólogo.] Quando captei essa perspectiva, eu quis fazer um comentário, mas ele continuou falando.

Na verdade, ele deu um salto no tempo.

Da infância para a maturidade.

Contou que, no final de 1997, quando tinha acabado de completar quarenta anos de idade (já estava morando em São Paulo há três), ganhou de presente *Os passageiros do trem 7*, do jornalista Paulo Monfort – romance-reportagem [*what?*] sobre imigrantes brasileiros em Nova York.

"As histórias que Monfort coletou tinham grande semelhança com as que captei em Lisboa anos antes para a minha tese – sim, a tal que você encontrou na USB. A leitura dessa obra, na época, acordou minha memória: ora, eu também era autor; eu também era pesquisador; eu também era produtor de cultura. Eu possuía um passado – um passado importante pelo simples fato de ser meu –, embora estivesse enfrentando uma crise delicada."

A crise em questão era uma sensação de inviabilidade, a certeza absurda de que viver doía. Abrir os olhos, sair da cama, escovar os dentes, escolher a roupa, vestir-se, calçar os sapatos, pentear o cabelo, apanhar a pasta, localizar as chaves do carro, abrir a porta, caminhar até a porta, pressionar o botão do elevador, esperar o elevador, entrar e sair do elevador, ligar o carro, movê-lo – tudo era um verdadeiro parto.

"Houve momentos, vários, em que mesmo essas funções básicas, que realizamos automaticamente, eram impraticáveis. Me arrastava pelos espaços. De tanto simular uma silhueta, meu corpo foi virando uma ausência. Um vírus se instalou em uma ínfima lacuna do meu *hardware* e, sorrateiramente, foi me reduzindo a um arremedo de gente. Onde eu passava, deixava um rastro de melancolia, uma neblina densa e escura; e a culpa e o medo devastavam meu discernimento."

No trabalho, passava a maior parte do tempo sozinho, impondo a si mesmo uma dedicação fictícia, apenas para não ter de se relacionar com ninguém: "Lembro que me escondia nos banheiros do prédio do jornal. Sentava sobre a tampa do sanitário com as coxas abraçadas contra o peito, inerte, sem forças. Prostrado. Ouvia ruídos corpóreos, banalidades, comentários infames de colegas uns sobre os outros".

No caso dele, que nunca foi ligado a parentes, nem tinha ninguém próximo com quem contar, que nunca se interessou por suas ancestralidades, que vivia cogitando apagar seu passado, que desejava ser competitivo e admirado, que encarava sua fragilidade como algo vergonhoso, que se desenraizava completamente, sem se deixar tocar pelas possíveis consequências disso...

"... A Coisa encontrou em mim o *habitat* ideal pra se reproduzir."

Os atingidos por Ela se tornam apáticos, invejosos, prisioneiros de um jogo no qual todo mundo tem chance, menos você; todos vencem, menos você; todos se contentam com o que conquistam, menos você; todos aceitam o que perdem, menos você; todos acreditam na vida e sentem prazer por viver, menos você.

"Pequenas pendências se confundiam com grandes questões."

Por convicção ou por influência "da Coisa", Jaime empurrou para o esquecimento pessoas antes próximas que ou não compartilhavam mais da sua visão de mundo, ou se recusavam a compreendê-lo e ajudá-lo. Começou pelos amigos confusos que cultivara apesar da distância física – a maioria deles morava lá, *naquela cidade*.

O primeiro foi André Simão, um *nerd* com soberbas habilidades matemáticas e uma história assustadora. Nascido e criado em uma daquelas cidadezinhas onde o catolicismo predatório se associa a padrões sociais homogeneizantes com o intuito de formar mentes falsamente impecáveis, André perdeu em um hospital psiquiátrico a mãe tantas vezes espancada pelo pai na frente do único filho.

Jaime acreditava que aquele trauma era a causa de André nunca ter conseguido se concentrar nos estudos; de ser viciado em cocaína; de exibir um *alter ego* extravagante; de não conseguir perceber humanamente o "outro", fosse quem fosse; e de ter tentado estrangular a namorada uma vez. Jaime passou a ignorar seus telefonemas inoportunos e parou de procurá-lo quando ia *àquela cidade* visitar Olímpio. À medida que os conceitos mudavam, amizades como a de André se tornavam um fardo.

O mesmo em relação a Lucas, para quem emprestou dinheiro a fundo perdido durante anos. Quando lhe negou ajuda pela primeira vez, por impossibilidade, ouviu o que não queria.

"Pô, meu grande, você virou um universitário só para esquecer os mais pobres, é?"

O começo do fim.

"Eu podia suportar as maluquices do Lucas, mas não acusações como 'Puxa, você não é mais o mesmo'. Claro que eu não era o mesmo. A gente não pode ser o mesmo. De forma alguma. Ser outro, sempre."

E o Vladimir?

Ah, aquele parecia a encarnação da transparência e da bravura. Jaime o conheceu no curso de Ciências Sociais. Na época, o estoico aluno se impunha como "o Mestre da Luta". Viver, para Vladi, era uma guerra da qual você pode sair ileso se agir com firmeza e souber golpear seus inimigos com precisão.

"Personalidades fortes como a dele eram um referencial valioso para inseguros, como eu."

Lembra-se do Vladi como um combatente resoluto e leal, um transgressor invejável, que, entre outras ações incríveis, transava com "coroas na faixa dos quarenta"; o militante que organizava os fracos para lidarem com os desmandos da diretoria, que defendia as minorias, que ajudava os pobres; o franco que dizia na lata o que ninguém tinha coragem...

"Nunca passou pela minha cabeça que ele viraria um barrigudo ignorante e racista."

Além de superar todas as improváveis expectativas negativas, Vladimir "adquiriu uma visão conservadora de mundo" e aplicou uma cantada em Laura, uma namorada que Jaime não amou, mas com quem manteve uma relação muito sensual, pelo que entendi.

A gota d'água foi a maneira como Vladi reagiu à notícia que saíra no *Jornal da USB* sobre a pesquisa de campo de Jaime para o doutorado.

"Quando lhe mostrei a página, ele deu uma gargalhada: 'Como você é vaidoso, amigo', falou. Parecia que as pessoas ao meu redor se incomodavam com as minhas iniciativas no sentido de me tornar outra pessoa. E nunca mais procurei o Vladi. Nem ele a mim."

Jaime ia ficando mais e mais solitário, porém.

Não conseguia se desvincular de sua infelicidade mais publicamente justificável: ter deixado escapar no último minuto o projeto pessoal que o livraria para sempre do fantasma da mediocridade ou algo assim.

"Percebe que tudo contribuía para que a Coisa me imprensasse contra as cordas, me acuasse, me levasse ao desespero?"

Finalmente, procurou um clínico geral. Fez mil exames. Nenhum possibilitou um diagnóstico claro. E as inércias eram cada vez mais frequentes. Numa delas, ele ficou dez dias de boca fechada, sem pronunciar uma só palavra com ninguém, fechado em casa e amparado por um atestado médico.

Uma amiga insistiu para que ele procurasse ajuda qualificada. Não dava mais para esconder as intermitências de seu humor.

"Clarezas cristalinas não brotam facilmente na natureza, mas há o momento em que até as pedras irradiam ou refletem a luz."

[Depois, essa tal "amiga" agiu com Jaime da mesma maneira que ele havia agido com os amigos *daquela cidade*: saindo de fininho, riscando-o de seu mapa de relacionamentos sem avisar.]

*

"No táxi, a caminho do consultório do psiquiatra que Ana me indicou, eu respirava forçosamente como se meu nariz estivesse entupido. Raspava a garganta como se ela estivesse obstruída. Passava a mão nos cabelos como se eles estivessem espetados. E me dizia 'estou calmo, sim, calmo'. O primeiro encontro com o sujeito foi surreal, até onde sou capaz de me lembrar. Eu não conseguia verbalizar nada. Travei. Completamente."

Ei, ei, o que está fazendo aqui, paciente? Diga alguma coisa! Qualquer coisa! E o psiquiatra tomando notas. *O que houve? Como está se sentindo?* E a garganta do paciente, seca; e as mãos do paciente, trêmulas.

"Dava para ouvir uma voz soprano feminina estudando canto gregoriano na vizinhança."

A gente sempre tem muito o que falar, sim, não é esse o problema.

Problema, problema... e a coragem do paciente para perguntar qual era o problema, sendo ele o "problemático"?

"O psiquiatra, um cara bastante esquisito para os padrões ocidentais, e que não parecia atento às minhas refrações, mudou de expressão quando contei que tentei me matar. Pediu detalhes. E daí em diante me encheu o saco com perguntas como 'o que o levou a tomar aquela atitude?', 'por que está se sentindo assim?' e 'para se sentir melhor, o que você acha que precisa acontecer hoje?'. E eu dizendo 'não sei, não sei'. Ora, se eu tivesse as respostas para aquelas perguntas, eu não estaria ali, morto de medo de descobrir que meu caso era, no fundo, incurável."

Você está é sem bateria...

E o jovem cientista social dizia-se mentalmente "bateria, bateria, bateria", como um mergulhador no fundo do oceano preso a uma pedra e ciente de que já não adianta pedir ar, ar, porque não há. E...? Silêncio novamente, mas, desta vez, de outra natureza. E...? E a cabeça do paciente, atordoado pelas circunstâncias, oscilava entre a esperança e o assombro, o conceito e o preconceito. Entre o passado ao qual ele acreditava não pertencer e o presente ao qual ele daria tudo para não pertencer.

"Incrível. Eu saía para trabalhar todos os dias com um peso gigantesco sobre os ombros. Sem a mínima noção de que eu estava doente. Mais que isso, minha doença tinha um nome: depressão. Na teoria, era o 'mal-estar da civilização'; na prática, era muito mais que um mal-estar. Era a morte em vida."

O psiquiatra lhe deu várias licenças de duas semanas cada. E cerca de dois meses depois da primeira consulta, uma das várias medicações experimentadas começou a surtir efeito.

"Foi como se uma manhã ensolarada nascesse e perdurasse, límpida. A luz como ela nunca havia deixado de ser: iluminadora."

Passou a ver o mundo em cores novamente.

"Ah, é como fechar os olhos diante de um revólver apontado pro seu coração, ouvir o estampido, abrir os olhos e ver que o seu algoz não só errou o tiro como acabou de gastar a única bala. E aí você coloca a mão no peito para se certificar de que está intacto. Está."

A primeira coisa que notou quando saiu daquele labirinto foi que ninguém morrera; não houvera nenhum dilúvio, tampouco uma seca da qual só restassem pedras e ossos; o mundo não era o mesmo e tampouco outro. Choveu, esfriou, esquentou, ventou, eventualmente. E só.

As histórias continuavam aguardando quem se dispusesse a contá-las e, enquanto os passivos deixavam em aberto o final de seus enredos, os ativos lutavam por posição, dinheiro, formação, iguarias, emagrecimento, viagens, idiomas, *hobbies*, sexo, horas ocupadas, horas livres (para serem ocupadas) e uma fé.

Uma fé em que tudo isso só é possível com uma fé.

Qualquer fé.

"Depois de uma travessia extenuante como a da perda de uma perspectiva de vida sabe-se lá por quê, e a escuridão decorrente dessa perda, você tenta restabelecer o seu centro, mas, na verdade, durante um bom tempo você tem de conviver com a ausência de um centro. O medicamento apenas lhe confere uma voltagem neuronal, digamos, uma reativação do circuito eletroquímico que organiza a sobrevida. Em alguns meses, aquele preto e branco carregado de obnubilações é corrigido, mas não a sua memória, não o que você sente ou deixa de sentir."

*

"Espere aqui", ele me disse. "Volto já."

Da sala, ouvi o barulho de objetos despencando de seus devidos lugares, lá dentro. Minutos depois, ele apareceu no corredor de acesso aos quartos empurrando com o pé uma enorme caixa de papelão.

[Os três gatos dorminhocos deram sinal de vida pela primeira vez.]

Na caixa, havia livros, relatórios, transcrições de áudios, pastas, xerocópias e muitos, muitos blocos e cadernos com anotações. Havia também um estojo de madeira com tranca repleto de microcassetes, aquelas fitas magnéticas pequenas, hoje totalmente superadas pelos sistemas digitais de gravação. As lombadas dos pequenos porta-fitas estavam identificadas com nomes e sobrenomes e os porta-fitas haviam sido organizados alfabeticamente.

"Aqui estão as duzentas entrevistas que fiz", disse, orgulhoso.

E com precisão cirúrgica tirou do estojo um microcassete e enfiou-o no gravador.

"Você tem que ouvir este trecho de um diálogo meu com o Paulo Monfort. Afinal, foi o livro dele que me fez tomar a decisão que gerou este nosso encontro, aqui, hoje."

Paulo esteve uma vez em São Paulo para uma palestra aos alunos de uma faculdade de jornalismo. Foi numa noite chuvosa de abril de 1998. O livro dele acabara de conquistar um prêmio nacional.

"Havia só umas dez pessoas na plateia do teatro, incluindo eu."

Paulo vestia-se no estilo *grunge*, usava um longo rabo de cavalo e gesticulava muito.

"Não era bem articulado nem bom orador, mas as observações sobre as vivências dele em Nova York me reacenderam. Eu conhecia como ninguém o que ele descrevia: da ideia de imigrar à passagem pelas cabines de controle de passaportes; do primeiro trabalho braçal à indecisão de voltar à pátria mãe. Então, ao final da palestra, me aproximei e pedi ao Paulo uma 'entrevista'."

A princípio, não entendi por que ele aspeou com os dedos a palavra entrevista. Uma entrevista para um doutorado, que, na verdade, já havia terminado havia anos?

"Sim."

E o jornalista hesitou em atendê-lo. Alegou falta de tempo. Disse que tinha que ir para o Rio de Janeiro no dia seguinte bem cedo.

"Insisti que não seria nada muito demorado – uns trinta minutos, talvez, no máximo. Topou, finalmente. Às seis e meia, bem cedo, portanto, eu estava no hotel que ele indicou. Tomamos café da manhã juntos. Olha, eu estava só tentando me reerguer, tentando mostrar para mim mesmo que eu também havia sido capaz de construir uma obra."

E apertou o *"play"* do gravador:

Jaime – Você disse que o pressuposto de seu livro é o de que não foi apenas o aspecto econômico que empurrou seus personagens para fora do Brasil. Que outros fatores os levaram a imigrar?

Paulo – Conflitos. Primeiramente, conflitos familiares. (Um de meus personagens, por exemplo, viveu isso. O equilíbrio interno da família dele era aparentemente coeso, mas a cobrança era brutal; queriam que ele desse certo, e isso significava ganhar dinheiro para construir um patrimônio.) Mas também conflitos religiosos: opções, ou falta de opções religiosas que apartavam o sujeito do seu meio. E conflitos ligados a opções sexuais também: a crença de um gay, por exemplo, de que podia ficar mais à vontade longe da família repressora. Independentemente desses conflitos com o ambiente, havia sempre o desejo de evitar um sentimento ou um episódio incômodo.

Jaime – Como se estivessem fugindo de alguém ou de alguma coisa?

Paulo – Exato.

Jaime – Quando li o seu livro, senti que você queria dizer que ninguém passa impune por uma experiência de autoexílio...

Paulo – Isso aí. Você captou bem.

Jaime – Será que os imigrantes idealizam Nova York tanto quanto idealizam seus países de origem?

Paulo – Ah, claro. Meu mote foi esse: como é estar "entre" dois lugares. Ou "entre" duas idealizações, melhor dizendo. Os imigrantes vivem numa espécie de limbo, sem saber de que lado ficam o céu, o inferno, etc. Essas duas perspectivas se misturam o tempo todo.

Jaime – E por que Nova York? Por que para lá e não para outro lugar?

Paulo – Aquela cidade nos põe para a frente mesmo que não estejamos preparados para avançar ou não queiramos nos mover.

Jaime – Você também estava fugindo de algo quando foi para lá?

Paulo – Arrá! [Enrola-se. Difícil distinguir o que tentou dizer.] Não sei. Pode ser.

Jaime – Do que você poderia estar fugindo, por exemplo?

Paulo – Humm... ainda não pensei bem sobre isso. Talvez da minha dificuldade de estabelecer relacionamentos amorosos estáveis...

(Não dá para entender o restante, mas é evidente que o jornalista ficou constrangido. E diz que está atrasado, que precisa fazer o *check-out* no hotel logo porque o aeroporto é distante do centro e o tráfego costuma ser insano àquela hora do dia. Pede desculpas pela pressa. Jaime não se importa. Despedem-se.)

O que significava aquele episódio recortado?

Ao notar meu semblante de interrogação, Jaime encostou a ponta do indicador direito na palma

– voltada para baixo – da outra mão. Um pedido de tempo. (Ouvem-se chiados homogêneos apenas, agora.) Ele mirava a fita girando. (De repente, há uma alteração no tipo de ruído. O gravador deve ter sido desligado e religado noutro contexto. As vozes dos dois se elevam.)

"Agora", exclamou Jaime, "preste atenção no que ele vai dizer."

Paulo – ... [Risos.] *Tudo o que há dentro de cada um de nós vai conosco aonde a gente for.*

Jaime interrompeu o aparelho.

Removeu a fita, recolocou-a no estojo.

Suas mãos tremiam muito.

Soltou o corpo na poltrona.

"Ah, finalmente estou arrancando isso de mim."

E suspirou.

Aquele apanhado de fragmentos revelava um segredo que ele guardara consigo por muito anos. Ele então tirou do bolso da camisa polo um microcassete virgem, arrancou o celofane da embalagem com as unhas e os dentes, meteu-o no compartimento. Ajustou o gravador, agora pausado na posição *"record"*.

"Paulo criou efeitos literários e, muito provavelmente, inventou acontecimentos para dramatizar as histórias de seus personagens reais. Tudo bem. Toda narrativa é mesmo uma forma de ficção, não é mesmo? Mas isso não importa agora. O que importa, por enquanto, é que, por ter tido aquele contato com o livro (e com a palestra) do Paulo, resolvi me mover. Para quem estava paralisado há anos, é um avanço e tanto."

No mesmo dia do diálogo com Paulo Monfort, criou coragem – uma estranha coragem, na minha opinião [se hoje em dia todo mundo opina sobre qualquer coisa a qualquer hora, então eu também posso].

"Vesti uma calça verde-escura, uma camisa branca, uma gravata vermelha e um paletó cinza. Odeio paletó e gravata, mas, como não era eu próprio quem estava dentro do paletó e enlaçado pela gravata, usei-os. A barba, a boina e os óculos escuros ampliaram o meu personagem. Dirigi meu carro 1.0 até a biblioteca da USB me sentindo fortalecido."

A palestra de Paulo Monfort realmente lhe injetara um ânimo novo, mas eu não conseguia entender por que ele usou um disfarce para ir à biblioteca da USB.

"Seria uma tortura permitir que alguém me visse aquela tarde, mas fui. Sem necessidade alguma, já que a questão estava encerrada, claro, mas fui. Como um fugitivo que precisa esconder-se, fui. Entrei na biblioteca e, como um ladrão às avessas, enfiei a cópia de *A língua é minha pátria* na prateleira de teses de Antropologia Social."

Não pude acreditar no que eu ouvia.

"Sim, a própria. A cópia que você achou por acaso."

Mas, ao sair da biblioteca, ele deu de cara com um ex-colega.

"*Jaime?* Ah, não. *Jaime Bastos?* Você deve estar me confundindo. *Jaime, quanto tempo!* Quem é você? *Danilo. A gente foi da mesma turma na disciplina da Marília Bering, sua orientadora, não lembra?* Não, lamento. E corri como um louco. Dei a partida no carro. Arranquei-o, enfumaçando os pneus e mentalizando: 'Calma, Jaime. Importa como você se sente, não o que podem estar dizendo de você'. E tentando respirar normalmente."

Mas por que aquele drama todo?

"Um amigo absurdamente invejoso destruíra minha reputação na USB", resumiu. "E eu, covarde, preferi me afastar da universidade a lutar pela minha tese, que aliás nunca foi defendida, mas que pelo menos estava lá, na biblioteca, para quem quisesse consultá-la. Sei que parece meio estúpido, mas foi o que achei que devia fazer. E fiz."

Na época, diante de um obstáculo percebido como instransponível ou de uma perspectiva de exposição ao julgamento alheio que entendesse como ameaçadora, ele se afogava num oceano de ideias infundadas.

Inevitável dizer que, desde que me encantei com os estudos de psicopatologia, cismei que Jaime sofria de transtorno ansioso social. Na época, isso não passava de uma hipótese. Por isso, preferi não forçar a barra. Eu tinha horror de parecer um daqueles estudantes de psicologia chatos que ficam analisando cada palavra, cada gesto, cada escolha de cada pessoa, como se o ser humano fosse apenas um bloco de sintomas.

"A gente nunca deve entrar no fluxo das grandes manadas", ele me ensinou.

Sustentei uma aparência de entendimento, mas eu ainda estava bastante confuso.

E estupefato.

Pedi a ele informações básicas para que eu pudesse acompanhar melhor o relato.

Em vão.

A história que ele precisava expelir já estava pronta desde o fim daquele telefonema que, dois dias antes, "caiu".

[Seu monólogo abalou minhas idealizações sobre ele.]

E fui surpreendido de novo: "Você terá pleno acesso ao conteúdo desta caixa e às fitas", enfatizou. "Quanto às nossas *entrevistas* – termo antipático, né? –, sugiro montarmos um cronograma que seja viável para nós dois".

Me senti cooptado.

Gelei.

"Não é terapia", ironizou, rindo, "só preciso de um interlocutor para me ajudar a clarear as zonas escuras da minha consciência. Você é o cara."

Desde que o conhecera, minha vida mudou para melhor, sim, mas ainda não éramos, digamos, amigos íntimos. O relacionamento seguia limitado por *gaps* geracionais. E a estratégia dele previa a gravação das nossas conversas, o que explica o encaixe da fita virgem no gravadorzinho.

"Mas se um dia você sentir que a minha história diz respeito a você também, revele-a ao mundo, *ok*?"

E, diante do meu silêncio, me cobrou uma resposta: "*Ok*?", insistiu.

Desde então, a ideia de abandonar esta narração tem me ocorrido umas cinco vezes por dia, mas um ensinamento dele – "constância é fundamental" – logo me vem à mente e, aos trancos, prossigo. E eu sem saber como aquela malfadada pós-graduação surgiu em seu caminho.

"Surgiu por acaso. Como quase tudo na minha vida, aliás", respondeu, frio. "Na prática, abriam-se duas possibilidades: na pior delas, eu me aprofundaria em algum tema convidativo; na melhor, viraria professor numa universidade particular ou faria concurso numa instituição pública. Tudo muito factível, não acha?"

Pela "erudição e consistência da proposta" – palavras dos avaliadores na carta de admissão –, seu projeto de mestrado foi aprovado para o doutorado direto, acontecimento especial para um bancário sem contatos, nem credenciais, nem padrinhos.

Na época, Jaime dava atenção demasiada aos olhares alheios, usava discursos emprestados, tentava se enquadrar em cenografias e figurinos.

"Eu idealizava um personagem para mim."

Um personagem narrador.

Onisciente.

Tão obcecado com a liberdade quanto avesso ao pertencimento, ele avançava no domínio intelectual, mas não no domínio psicológico. Aceitava suas próprias limitações.

"Eu era servo de reminiscências miúdas, raciocínios tortuosos e uma deplorável autocomiseração."

Ao terminar de ler toda a carta de aprovação da USB, ele cerrou os punhos e os dentes e começou a saltar com os dois pés, quase batendo os calcanhares na bunda, como se estivesse pulando corda; e gritando "sim, sim, sim".

"E me lançando o mais alto que podia para dar socos no ar com a mão direita, como o Pelé fazia quando comemorava seus gols. E foi uma corrida errática pelo apartamento. Eu parecia um gato perseguindo um camundongo. Sentia nas solas dos pés descalços uma energia vibrante. De repente, parava para sapatear com uma velocidade incrível, aterrando minha corrente elétrica. O transe se esvaziou mais pelo meu cansaço do que por algum tirânico senso de ridículo. Me esparramei no chão, sem forças. O coração batia na garganta: 'Sim, sim, sim', eu me dizia."

A grande responsabilidade que teria pela frente não pesava tanto quanto a indescritível sensação de estar riscando do mapa o derrotismo de seus parentes [ele tinha alguns, mas não convivia com nenhum]; passando para trás os amigos de infância acomodados em "tradições ridículas"; materializando desejos cujas origens eram indetermináveis.

"Nem frágil, nem sólido; nem escuro, nem pardo, nem claro, nem nada. Apenas eu."

"Eu" significava um jovem de trinta anos disposto a descobrir seus talentos; um jovem que, embora ciente de que qualquer exemplar humano seja distinto em si, independentemente de suas opções ou das orquestrações do acaso, reencontrava a autoconfiança, por fim; um jovem em êxtase por seu extravio: sorvido pela História, propelido pelo ideal pós-moderno de construção de uma satisfação absoluta.

"Movido por um fator externo, mas movido, enfim."

*

Conspirações positivas: em 1990, ele obteve até uma dispensa [inédita] do banco às segundas para ir cursar na USB, em São Paulo, as quatro disciplinas obrigatórias (duas por semestre) do doutorado.

A liberação foi um prêmio pelos quinze anos de escravidão no banco.

Ingressou como *office-boy*. Chegou à função de caixa.

Nunca exerceu a profissão de técnico de nível médio em edificações, nem teve ciência certa sobre as Humanidades.

É fácil entender, *hoje*, o porquê de ele nunca ter planejado cursar Ciências Sociais [até porque, depois de se formar no profissionalizante de edificações, seria natural que optasse por engenharia civil].

"No reino em que me criei, as decisões tinham de ser pragmáticas."

E como "nada num banco é gratuito", teve de compensar de terça a sexta as horas de ausência das segundas.

Tomava o ônibus às dez da noite de domingo na rodoviária *daquela cidade* rumo a São Paulo e retornava segunda-feira no mesmo horário.

"Mil e duzentos quilômetros, ida-e-volta! Quarenta horas sem repouso na posição horizontal."

Viajava sempre na poltrona número 17. Tirava os sapatos, soprava a válvula do travesseiro inflável, ajustava-o ao pescoço. Untava o nariz com cânfora mentolada para isolar o cheiro de mofo e engolia dois anti-histamínicos. Enfiava um protetor auricular nos tímpanos. Reclinava-se. Cobria os olhos com uma máscara acolchoada.

Sempre incomodado, bicho ansioso, inquieto, cruzava os braços e ficava tentando, em vão, esvaziar a mente; e torcendo para que o efeito colateral dos antialérgicos o ajudasse a pegar no sono. Sempre teve uma insônia secundária crônica nunca tratada.

Seu metodismo não era imune a falhas e imprevistos, porém.

Em uma madrugada tórrida, despertou ensopado de suor. Ar-condicionado em ônibus interestaduais era raro ou caríssimo. Avião, nem pensar. Apenas uma minoria de cidadãos voava em 1990 [ou seja, ontem]. Sedento, lábios trincando mesmo, apanhou a garrafa d'água. Vazia. Sentiu de repente uma cólica abdominal aflitiva.

Desesperança de encontrar água potável nas próximas horas ou efeito do prato popular que comera no boteco perto de casa antes de embarcar?

A rodovia estava passando por um tardio e complexo processo de duplicação. Durante uns dois anos, que cobriram exatamente o período em que frequentou a pós-graduação da USB, aquela viagem, hoje feita normalmente em oito horas, demorava treze ou catorze. A construtora teve de criar desvios em vários pontos – estradinhas de terra precárias. Nesses trechos, o que era ruim ficava pior: o ônibus sacudia, torturava, moía as quarenta e quatro criaturas dormentes. Montar um cavalo bravo era melhor que aquilo.

A dor de barriga e a sede coincidiram com um dos infernais trechos de terra. No momento em que saltou sobre as pernas do passageiro apneico da poltrona número 18, um sacolejo fortíssimo o atirou longe. Bateu a cabeça em algum lugar, não se lembra onde. Estava escuro. Levantou. Apesar da zonzeira e do raciocínio lento, conseguiu rastejar até o banheiro com as mãos na barriga. O mau cheiro no banheiro era nauseante, e o calor, devido à proximidade do motor, intolerável.

"Os minutos ali, sentado no vaso, duraram uma eternidade. Eu suava de calor e de dor, mas do meu corpo não saía nada mais, o que me deixou ainda mais desesperado. Se não era cólica intestinal, o que era? E o que eu poderia fazer às duas da madrugada, no meio do caminho, no meio do nada, naquela escuridão? Era uma cólica intermitente, profunda. E num intervalo de alívio, abotoei a calça com cautela e fiquei diante do espelho."

Estava abatido, extenuado.

A gola de sua camisa branca ficara preta. O suor tinha empapado o travesseiro inflável, que soltou a tintura ordinária na gola.

"Não era só esquisito. Era ridículo. Puta-que-pariu!"

Imprestável, sem reflexos [por causa do efeito dos antialérgicos], armou-se de cuidados (e certa dose de ingenuidade) para dar um jeito de extrair um gole de água do fino fio que saía da torneira da pia.

"A dificuldade era mais ou menos a mesma de tentar beber chuva. O balanço do ônibus era feroz. O lado bom é que me esqueci da dor. Passou. Mas foi um estresse dos diabos."

[Parecia a hiena do desenho animado *Lippy e Hardy*.]

"Demorei para abandonar a zona de conforto e quando tomo providência para largá-la o que recebo em troca? Tudo o que fiz sempre esteve marcado pelo desejo de recompensa."

Noutra viagem, uma frente fria errática de forte intensidade enganara facilmente as frágeis previsões meteorológicas dos institutos desequipados e atingiu Jaime em cheio, no ônibus, com a janela aberta, dormindo como um bebê. Com um temperatura exterior de vinte e cinco graus, adormeceu assim que embarcou.

"Mas, de repente, me vi dentro de uma cápsula polar. Fechei a janela. Puxei com força e ao máximo as meias [finas], enfiei os pés de novo nos sapatos e apartei bem os cadarços. Mas eu não tinha levado blusa nem manta e, portanto, jamais iria me aquecer. Pesadelo total. Atravessei o resto da noite encolhido na poltrona como um caramujo, batendo os dentes e me massacrando por ter sido displicente e burro, como se a mudança climática fosse culpa minha."

Até eu que sou distraído sei que tudo o que se conta está mais impregnado do hoje que do ontem, sendo quase impossível expressar com credibilidade experiências ocorridas vinte anos atrás. Mas estou seguro de que, historicamente, Jaime alimenta arrependimentos; historicamente, vem se autoflagelando por seus erros e azares. O inferno nunca eram os outros. Era ele mesmo. Culpava-se até por ter nascido.

Seu implacável "Segundo Eu", como ele dizia, o atormentava dia e noite, criando espirais de pensamentos destrutivos...

Você não passará no vestibular porque a sua formação humanística de escola pública profissionalizante é nula.

Você pensa que é brilhante porque possui um olho em terra de cegos, mas, no primeiro escalão do conhecimento, meu caro, o nível é outro, bem outro.

Você só ingressou no programa de pós-graduação da USB porque naquele ano, inexplicavelmente, a procura foi baixíssima.

Se você pensa que um doutorado vai mudar sua vidinha de merda, está enganado. [Enganado de novo, arrá!]

Tinha expectativas demasiadas e, quanto mais desejava subir, mais ambições acumulava e menos providências tomava. Na prática, era como se estivesse sempre atrasado, fora do páreo e numa posição inferior; sempre na necessidade de mentir, agradar, evitar a verdade – a sua e a dos outros.

Mas tem uma habilidade com as palavras!

Em poucas horas de conversa, a linguagem dele me impregnava.

Impressionante.

[Mas sua habilidade não era usada a seu favor, creio. Ou melhor, não era usada para "gerar riqueza".]

Suas tão idiossincráticas quanto folclóricas frases de efeito [tipo "Sou um produto perecível com validade vencida"] divertem. No entanto, ele as pronuncia com seriedade, acreditando mesmo no que diz.

E na volta de São Paulo ia da rodoviária direto para o banco: amarrotado, com mau hálito e axilas empapadas. Escovava os dentes no banheiro da rodoviária, trocava a camisa, penteava o cabelo. Passava na lanchonete, pedia o de sempre: um copo americano de café com leite e pão com manteiga.

"Apesar do esgotamento físico, a cabeça voltava cheia. Cheia de ideias. Quarenta horas longe da agência não eram apenas restauradoras, culturalmente falando. Eram uma desintoxicação."

*

No ano seguinte, agiu de dentro para fora: pediu para ser demitido, para alegria de seus chefes, que não vinham gostando nem um pouco da perda de entusiasmo do ex-funcionário-padrão-quieto.

Recebeu uma quantia considerável de indenização.

Quinze anos não eram quinze meses.

Jamais cogitou pedir uma bolsa de pesquisa ao governo ("não sou um necessitado").

Disposto a mudar o curso dos conhecimentos antropológicos, partiu para a jornada que resultaria na tese [que encontrei na USB – por acaso?].

Tabs: Perdi o sono...
02:31

Tabs: Bateu um vazio.
02:31

Tabs: De repente.
02:31

Hugo: Até vc? 'a resolvida'?
02:32

Tabs: Sério: aquela emoção do Jaime qdo recebeu a carta da USB...
02:32

Hugo: ???
02:32

Tabs: Nunca senti nada parecido com o q ele sentiu...
02:33

Hugo: ???
02:33

Tabs: Quer saber? Me incomoda ser da Geração Bobeira.
02:37

Hugo: Cada um eh cada um. O resto eh Wikipedia.
02:42

Tabs: Já experimentou a sensação de ter 1 futuro?
02.44

Hugo: Hum...
02:45

Hugo: Sei não
05:12

3

DESVIOS MAIS QUE ERRANTES

WANDER NOGUEIRA ERA UMA LIDERANÇA TÃO natural quanto informal no curso de edificações da Escola Técnica, *naquela cidade*. A turma de alunos era homogênea: trinta e seis jovens aplicados, a maioria de origem pobre, e quatro moças sem atrativos físicos, mas muito mais inteligentes que todos os seus colegas. Os dois se tornaram membros da "facção cafajeste" menos por afinidade que por uma necessidade de coesão grupal típica da idade [eles tinham dezesseis anos! E Jaime tinha acabado de perder a mãe].

O então-tímido-crônico-Jaime invejava a astúcia, a cultura geral e a capacidade do amigo de manter relacionamentos com três, quatro namoradas simultaneamente: "E o Wander contava com a minha disciplina e seriedade. A gente estudava junto, fazia trabalhos em dupla. O problema era que ele detestava física e matemática.

Daí montei um eficiente sistema de ensino para nós. Ele passou do segundo pro terceiro ano graças a mim".

Nenhum dos dois se alimentava dessas mútuas compensações, no entanto. Havia afeto, havia admiração, e o prazer inconteste de falar mal do Brasil ["a vanguarda do atraso"].

Atendendo ("com prazer") à vontade de seu pai, que começava a se dar bem com um negócio próprio ("o velho havia comprado uma pequena gráfica"), Wander abandonou a Escola Técnica para concluir o ensino médio num colégio particular famoso por seus índices de aprovação nos vestibulares.

Aos dezenove anos, então, e com muito esforço, pois nunca fora um aluno brilhante, Wander entrou no curso de Odontologia de uma universidade pública e se tornou o único amigo de Jaime – cujo círculo de relacionamentos sempre foi restrito – que pôde se dar ao luxo de não trabalhar durante os anos de faculdade.

Wander insistia para que Jaime saísse do banco e fosse tentar outra coisa. O banco era uma merda relativa, mas seu amigo não via nada mais seguro que aquilo. Onde ia encontrar emprego como "cientista social"? Tinha feito aquele "curso idiota" só para ter um diploma.

O próprio Wander teve dificuldade de se estabelecer como profissional graduado. Até que, em 1987, aos trinta anos, tomou uma decisão enérgica. Influenciado por uma reportagem que mencionava a carência de dentistas qualificados em Portugal, partiu para Lisboa.

[Na época, muitos portugueses endinheirados iam (prefeririam ir) tratar dos dentes na Inglaterra.]

Portugal?

Aquele lugar sombrio parado no tempo?

Aquela terrinha de gente conservadora e tacanha que só usa roupas de cor preta ou cinza?

Ora, faça-me o favor, Wander, trocar *esta cidade* por Lisboa é trocar seis por meia dúzia.

Veja quem está falando!

Você nunca saiu *desta cidade*. Como pode?

[Há muitas coisas que sabemos de ler, assistir ou ouvir falar, mas nada supera a experiência direta – esta visão, aliás, é típica de toda uma geração. Enquanto Jaime segue valorizando o legado literário da era analógica, Hugo e eu evitamos ficar sozinhos com nossos botões, Deus nos livre.]

O fato era que, passada a fase de instabilidade política após a Revolução dos Cravos, que depôs o regime ditatorial de António Salazar, todos os indicadores sociais apontavam melhoras em Portugal. Em 1987, o país tinha acabado de ser aceito na Comunidade Europeia e experimentava um *boom* de investimentos. As previsões eram de que o dinheiro europeu [e brasileiro, e japonês, e africano das antigas colônias portuguesas...] logo irrigaria as cidades lusas.

O recém-inaugurado Centro Comercial das Amoreiras, com sua arquitetura complexa e suas torres empresariais – aliás, essa intervenção na paisagem histórica incitara discussões acaloradas de urbanistas, nos moldes das que cercaram a concepção do edifício pós-modernista do Centro Georges Pompidou, em plena Paris romântica –, era o emblema da nova efervescência liberal capitalista. O Amoreiras foi o primeiro grande espaço comercial em área urbana de Portugal.

E já tentavam atrair os poucos brasileiros que ainda podiam viajar ao exterior. Um anúncio da companhia aérea TAP intitulado "Europa com P" conclamava: "Portugal é o seu ponto de partida na Europa. É incrível, mas existem brasileiros que vão à Europa e ainda não descobriram Portugal. Alguns porque não sabem que Portugal tem tudo o que os demais países têm, só que mais barato. Outros porque pensam que já sabem tudo o que vão encontrar. Antes de pensar errado, passe na TAP. Você vai descobrir muita coisa nova na Europa, inclusive Portugal".

E a inflação no Brasil fechando 1987 em 365%.

"Na verdade, não foi só o aspecto econômico que empurrou Wander para longe. Ao contrário de mim, ele sempre foi aventureiro; e apegado ao fato de seus avós portugueses terem imigrado na década de 1930 e construído uma história aqui, no Brasil; e Portugal, ao contrário dos Estados Unidos, não exigia vistos de brasileiros; e a língua era 'praticamente' a mesma (porque o inglês do Wander, na época, era tão elementar quanto o meu)."

[Então, o que realmente pesou na decisão dele de partir?]

"A violência, sem dúvida. Ele foi vítima de um assalto no Rio em fevereiro de 1987, onde passava férias com Carla, sua primeira mulher. Antes de entregar a carteira e a bolsa de Carla para o ladrão, ele fez um daqueles seus comentários engraçadinhos (era mestre nisso). O bandido, menor de idade, se irritou e lhe deu dois tiros

– um no lado direito do peito e o outro no braço. 'Para mim, acabou. Esse *nosso* país acabou', ele disse, arrasado. E se preparou pra ir embora."

Nada o prendia: estava se separando de Carla, recebia um salário abaixo da média como dentista da prefeitura *daquela cidade* e agia para que tudo desse errado e a decisão de imigrar soasse cada vez mais inadiável.

Quando Jaime apertou a campainha de seu apartamento em Lisboa pela primeira vez, a vida de Wander era outra. Embora não pudesse exercer legalmente a profissão de dentista (seu diploma ainda não havia sido validado), possuía consultório próprio.

A odontologia em Portugal era uma extensão do curso completo de medicina, e não uma graduação independente, como no Brasil. As corporações profissionais portuguesas alegavam que o currículo das escolas brasileiras era não apenas diferente (mais técnico que médico) como também inferior (dois anos menos de estudos – seis em Portugal, quatro no Brasil).

Cirurgião-dentista ou médico-dentista não dava no mesmo?

Sim e não.

Médicos, técnicos e burocratas reconheciam que tudo não passava de uma questão de interpretação, porque o Acordo Cultural assinado por Brasil e Portugal em 1966 não falava explicitamente em diploma, nem em exercício profissional. Na prática, o consultório de Wander dependia da assinatura de um médico-dentista vinculado à Secção de Medicina Dentária da Ordem dos Médicos de Portugal para poder funcionar.

E tinha que entregar metade do que ganhava ao tal português – um tipo arrogante, intratável, que Jaime teve a oportunidade de conhecer. Ainda assim, Lisboa era muito mais convidativa que *aquela cidade*, tanto financeira quanto culturalmente.

*

Subiu cinco andares de escada carregando suas pesadas malas até o apartamento de Wander num prédio do século XIX na rua dos Bacalhoeiros, na direção do Terreiro do Paço, com vista para o rio Tejo, ao longe. Chuviscava havia três dias em Lisboa. Sensação térmica: seis graus (era janeiro de 1991).

Abraçaram-se à entrada do apartamento como nos velhos tempos, estapeando as costas um do outro. E ficaram se olhando. Em apenas três anos, as mudanças físicas dos dois eram notáveis; e aquelas mudanças espelhavam "quebras de paradigmas", expressão da moda na época.

Wander: calvo e esbelto, tinha virado um fanático esportista, quem diria. Jogava tênis duas vezes por semana e corria no parque todo dia. Jaime: mais jovial [não usava mais aquelas roupas certinhas com tons pastéis de "gente velha"].

Mudanças de comportamento também eram perceptíveis. Os modos precocemente maduros – e severos – de Jaime haviam perdido a validade: Wander notou que o amigo agora sorria com mais facilidade e era capaz de tiradas espirituosas; e Jaime mal podia acreditar que a animação festiva de seu amigo havia sido substituída por uma dedicação radical à carreira e ao casamento então recente com Alexandra Gaspar.

"Filha de pai português e mãe canadense, Alexandra era ruiva, ruivinha, de verdade. E sardenta. Veja esta foto. Linda, não? Tinha uma energia formidável, uma mobilidade arrebatadora, capaz de aproveitar cada instante de cada segundo da vida como se fossem os únicos. E falava abertamente de si mesma. Ela me contou que, antes de conhecer o Wander – e por princípio até –, nunca se deteve por muito tempo no mesmo homem, mas fazia todo esforço para conservar alguns como amigos; disse que havia sido amante ocasional de uns poucos e que os apoiava nos momentos difíceis."

Em deliciosos trinta anos de solteira, Alexandra prezou sobretudo a lealdade e a generosidade. E aqueles que lhe emitissem sinais, por mais sutis, de que estavam apaixonados ou de que queriam compromisso (relação estável) eram descartados. Ela cortava o nexo também com qualquer um que confundisse trabalho com namoro. E não tolerava rotinas nem modelos estanques, evitando sempre que possível "dirigir pela mesma estrada".

E numa estrada plácida cruzou com um sujeito único.

Wander.

Casaram.

Alessa – como Wander a chamava – inventava seus caminhos, suas retas, curvas, oscilações...

Seu maior talento, no entanto, era trocar de emprego sem nunca andar para trás. Seu poder de comunicação lhe conferia uma impressionante rede de contatos. Desde 1984, quando abandonou a dança (ela foi bailarina de uma companhia), sua folha curricular exibia uma maleabilidade incomum: bilheteira no Coliseu dos Recreios, guia no Museu Nacional dos Coches, *hostess* no Restaurante Martinho da Arcada, vendedora na Conserveira de Lisboa, assistente de criação na Young & Rubicam...

"Quando a vi pela primeira vez, ela era gerente da boate KGB, no Bairro Alto. E fanática pela cultura cubana. Mas não por motivações políticas. Me lembro com deleite de ouvi-la cantando 'Montuno', de Juanito Márquez. Sua voz barítono ficava ainda mais sedutora debaixo do chuveiro."

Oyelo y vívelo,
y baila este Montuno bien
Este ritmo agita poco a poco.
Tiene pica pica y también saoco
por qué será
Porque ha nacido del vientre del Caribe
y el mundo
recibe
todo el calor que trae
el Son Montuno
Oyelo y vívelo,
y baila este Montuno bien

*

As primeiras semanas de Jaime em Lisboa refletiam o sublime da existência: edifícios medievais, barrocos, modernos, belos, restaurados, depauperados; dezenas de idiomas e dialetos indefectíveis ecoando nos largos; os aromas deflagrados por azeites, castanhas assadas e frutas maduras; os eventos literários no Café dos Pavões às terças; a expressividade artística nas ruas dos turistas; a atmosfera calorosamente fria do inverno; e os parques, praças e museus, onde ele tinha *insights* preciosos; os vinhos (ele aprendeu a gostar de vinhos lá; antes, só bebia cerveja).

Aos trinta e quatro anos, seu universo fora dos limites *daquela cidade* se resumia a três metrópoles litorâneas nacionais. Durante quinze anos, passou quinze dias de férias por ano numa delas. Seu mapa interior parecia atravessado por uma linha oeste-leste, uma espécie de Meridiano de Tordesilhas tombado. Ia sempre ao encontro do mar, portanto. Mas agora possuía ao alcance não apenas o oceano. Agora possuía o Tejo e aquela ponte soberba no gargalo do estreito.

A capital portuguesa parecia a sua casa. Tinha inveja até de si mesmo por estar ali. A cidade dos paços expandiu seu mundo. Indescritíveis a liberdade e o orgulho de pertencer ao que se escolhe, não ao que nos impõem as genéticas ou as religiões. Indescritível o poder de abstrair a beleza, tocar suas dimensões, atribuir-lhe uma importância; e ainda por cima seguir o impulso de fazê-la perdurar.

Era então o herói das estradas, com tudo o que isto implicava.

Guiava-o agora uma práxis cosmopolita.

Já em meados de 1991, movia-se como *eles*; raciocinava como *eles*; falava como *eles*; vestia-se como *eles*; e cada vez mais considerava opressiva a "extroversão torturantemente hipócrita" de sua cultura de origem.

Seu provincianismo medular estava com os dias contados?

Também já havia se dado conta do tamanho de sua empreitada acadêmica, que poderia lhe render não apenas um retorno intelectual por sua capacidade de imersão e observação, mas também uma identidade nova.

[Como não?]

Jaime escreveu na introdução de A língua é minha pátria (tirei da USB aquela cópia que gerou todo esse papo):

O enraizamento não existe sem o nomadismo. As motivações assumidas em público possuem superfícies lisas e planas: religiões, políticas, guerras, recessão, discriminação – sexual, inclusive – e desemprego. Mas os fatores externos traem. Forças interiores, muito mais poderosas, talvez, os empurram para zonas fronteiriças, tanto aquelas definidas pelas geopolíticas quanto as nossas próprias, demarcadas pela maneira como vemos e sentimos o Universo.

Um *outsider*, aliás, era o que ele acreditava ser naquela época de encantamentos fáceis, em que parou de enxergar a si próprio atráves de lentes emboloradas: "A posição do *outsider* é semelhante à do soldado que se julga o único do pelotão a marchar no passo certo. Há um paradoxo aí: recusar-se a ser comum e ao mesmo tempo sê-lo, inevitavelmente". O bom, lembra, era pensar menos sobre o futuro e aproveitar mais o presente: "Eu estava imerso nas profundezas da História e nos relatos dos imigrantes lusófonos".

Os africanos das ex-colônias entravam em Portugal facilmente. O total de angolanos, moçambicanos, guineenses e cabo-verdianos somados vivendo em Lisboa já passava de cento e vinte mil, até onde era possível estimar. A maioria era analfabeta e não tinha formação profissional. Moravam nos chamados bairros de lata, favelas parecidas com as de São Paulo e do Rio. Trabalhavam na construção civil e em atividades de baixa qualificação. Mas o Tratado de Maastricht, assinado naquele ano, tornaria dificultosa a entrada de ilegais. As autoridades europeias não queriam que a periferia de Lisboa se transformasse na África da Europa. E os guichês de verificação de passaportes nos portos e aeroportos foram transformados em máquinas de triagem.

*

Descobriu um personagem extraordinário e contraditório: Otto Durães, ex-funcionário administrativo dos serviços portugueses de imigração e com ambições desmedidas de virar fotógrafo famoso. Jaime escreveu na tese que...

... O guichê é o espaço ideal para o Estado receptor exercer sua dominação. O viajante não conhece bem nem as regras, nem a lógica do sistema, cada vez mais complexas; e se contestar a decisão do agente será imediatamente lembrado de seu status de não cidadão. Em tempos de restrição dos fluxos migratórios, o medo de Otto Durães de deixar entrar "uma pessoa errada" era menor que o de barrar "uma pessoa certa".

"Meu chefe só me repreendia quando achava que eu não havia sido suficientemente firme", lembra Otto, "já as chances de eu receber críticas por ter sido excessivamente severo eram mínimas."

Aos brasileiros suspeitos de mentir sobre suas verdadeiras intenções, ele perguntava: "O Brasil é tão grande! Por que você vem invadir o nosso país, que é tão pequeno?".

Irreverente, abandonou o serviço público para tentar a sorte como microempresário. Não deu certo. Vinha se virando como vendedor no setor de eletroeletrônicos de uma loja de departamentos no Chiado. Quando Jaime o conheceu, Otto insistia num projeto fotográfico autoral ao qual dava o nome de "O sexo como um estado de espírito".

"Ele se achava um gênio espontâneo da fotografia."

Jaime o acompanhou em ação no estúdio uma vez, sem prévio conhecimento do que poderia acontecer. A cobaia naquele dia foi a moçambicana Áurea, que se preparou à altura do suposto grande acontecimento que mudaria seu destino de estrangeira pobretona. Fez escova nos cabelos alisados; aparou as sobrancelhas ralas para destacar seus olhos miúdos; caprichou no rímel; aplicou um batom lilás exótico que avolumava seus lábios já volumosos... Seu rosto oblongo intimidava. Trouxera na bolsa uma sandália de salto agulha, de abotoar no tornozelo, pulseiras e anéis prateados, calcinha de renda e corpete pretos avivados por barras e alças vermelhas.

O estúdio alugado por três horas a preço de ouro possuía espelhos, tapetes e "aplicativos" [essa palavra existia em 1991?] comprados num dos raros *sex shop* da recatada capital católica. Otto só precisou de alguns metros de tecido de oncinha e lençóis de cores vivas variadas para o pano de fundo. Havia um tom verde-limão que o excitava instantaneamente. Tenso e afoito, permitia que aquele seu persistente sentimento de tudo ou nada, de agora ou nunca, de oito ou oitenta se infiltrasse até na mecânica das câmeras.

Áurea parecia à vontade, mas o resultado dos *close-ups* – ânus, vulva, mamilos, pelos – não empolgaram o comandante. Ele então apressou-se em direção à imagem que Otto premeditara dias a fio: ela de quatro, com o corpete, a calcinha e a sandália, pernas abertas, traseiro empinado, seios vazando pelas frestas do sutiã dois números abaixo do desejável, mãos espalmadas sobre o tecido de oncinha afundado no colchão de molas.

Ocupando todo o enquadramento, Áurea atingia uma dimensão colossal no jogo dos espelhos. Espécie carnívora impondo ao espaço uma animalidade primitiva.

Você precisa do meu dinheiro para comprar comida! Então, olha para mim, puta. Olha para mim!

Vulnerável, atingida, ela caiu na armadilha.

Lançou o olhar odioso e vingativo que Otto buscava.

Os cliques sequenciais da Canon [do pervertido] se fizeram ouvir por todo o estúdio, como vidros se estilhaçando.

Isso mesmo. Quero você exatamente assim, feroz, indignada. Aqui é a selva, e eu quero a fera, a fera!

Mas para que a relação de controle continuasse vigorando a contento era necessário mais que uma simples psicologia silvestre. Iniciaram então uma negociação duríssima, durante a qual, em algum ponto, Áurea se convenceu da necessidade de novas exposições, e Otto, por sua vez, aceitou ceder-lhe um extra *"in cash"* [pedante, ele acentuava a pronúncia britânica].

Seguiram-se felações, ejaculações artificiais, masturbações insinuadas, tríplices injeções de falos de borracha pelos orifícios do dia a dia. Quando a situação inteira finalmente superava a proximidade, Áurea perdeu a cabeça. Aproveitou a ideia do "abraço de elefante" e agarrou Otto. Atirou-o contra o colchão, embrulhou todos os seus membros superiores no tecido de oncinha (agora somente os inferiores respiravam), acomodando seus cento e vinte quilos sobre o fotógrafo magrelo.

E o estapeou com vontade.

Extasiado, Otto sussurrou palavras de ordem que nem ela, nem a sua Canon ouviram.

"Imagine eu, ali, acompanhando aquela vulgaridade gratuita, aquela estética degradante. E pensar que aquele Otto era o mesmo que me havia feito um discurso contundente contra o autoritarismo e o preconceito contra os africanos; e pensar que é dele aquela autoanálise tão lúcida sobre o seu trabalho nos guichês do Aeroporto da Portela."

Lisboa atravessava uma onda de sensualidade causada pelo então sucesso na televisão portuguesa das novelas *Roque Santeiro* e *Roda de Fogo*, da TV Globo, e *Dona Beja*, da TV Manchete. Novelas de televisão importadas de um país colonizado por lusitanos?

"Sim."

E os portugueses não estavam engolindo isso muito bem, e tampouco o fato de expressões tipicamente brasileiras como "fica na sua" e "numa *nice*" terem sido incorporadas ao cotidiano do casto idioma de Camões.

"Presenciei muitos grandes e pequenos choques culturais. Os brasileiros que conheci lá, na época – exceto o Wander, que, ao contrário, ficou mais formal –, lembravam aqueles americanos que insistem em jantar em restaurantes chiques calçando chinelo de dedo e vestindo bermudas. E conheci muitas piadas de brasileiro. Lembro de uma em que o brasileiro Ariovaldo (nome fictício), que havia ido trabalhar em Portugal, ouvira seu parente lusitano adverti-lo: 'Cuidado com os pronomes, Ariovaldo. Quando você for colocar uma placa na porta, fique atento, porque aqui se respeitam as regras gramaticais. Nada de *se manda* ou *me faz*. Aqui é *manda-se* e *faz-se*. Entendeu?' Dias depois, o Ariovaldo pendura uma placa em sua casa: '*Consertam sapatos-se*'."

Nunca vi o Jaime rir tanto.

Suas recordações, às vezes, eram entusiásticas.

"O prazer de falar do passado reside exatamente no fato de que o inventamos." Mas, naquele dia, ele logo se meteu dentro de si mesmo: "Ah, se eu então já tivesse consciência de como os meus vazios interferiam em minhas decisões... Se eu então já tivesse percebido que minhas constatações a meu respeito, além de disparatadas, me sugavam para um drama tão imaginário quanto insolúvel... Mas a vida é isto: uma projeção. Cada um acredita no que escolhe acreditar".

*

Encontrei este apontamento num dos cadernos dele: "Junho, 1991. Entro na estação Areeiro me perguntando por que tenho dificuldade de dizer 'Não sei, mas quero aprender' ou 'Você poderia, por favor, me ajudar?'. Eu não conhecia nada de nada. Mas Wander se entusiasmou com o projeto desde o início, forneceu conexões valiosas, dicas decisivas. A cada dia eu descobria um Wander que eu não conhecia. Que bom que ele topou ser 'personagem' da minha tese".

O pesquisador estava em franca expansão.

Experimentava em campo metodologias humanistas.

Convivia solidária e afetivamente com os imigrantes.

Não evitava as emoções, nem as suas, nem as deles.

E, ao lançar luzes sobre o interior de seu próprio processo de trabalho, os convívios foram ganhando um sentido amplo.

Mas não sabia ao certo, na época, se a realidade superava as teorias ou se as teorias se encaixavam como luva na realidade.

Sua caligrafia nos cadernos é de uma elegância e um cuidado ímpares. Às vezes, escrevia *in loco*, fosse onde fosse, e conectava as descrições culturais às suas próprias experiências. Quanto mais dominava a argumentação, mais tinha a certeza de que o texto refletia o captado.

Analisava o que ocorria na realidade observada quando a transportava para o escritório: "Uma coisa era você estar em ação, entrevistando e indagando as circunstâncias; outra era estar debruçado sobre uma mesa ordenando pilhas de registros".

Jaime tinha dinheiro suficiente para passar um ano em Lisboa sem preocupações. E ainda por cima não pagava aluguel. [Wander lhe cedera gratuitamente um dos três enormes quartos do apartamento da rua dos Bacalhoeiros. Mais: morar com o casal, que nunca se importou com o tec-tec incessante diurno-noturno da máquina de escrever do amigo, tornava tudo ainda mais instigante.]

Naquele quarto-domitório-escritório com uma pequenina claraboia voltada para a Sé, Jaime visualizava o campo e o gabinete como duas nações diferentes, com culturas e leis específicas cada uma: "Para haver um eu-testemunho interessante, era imprescindível criar um eu-convincente". Rejeitava com todas as forças a solidificada cultura da redação impessoal, e essa recusa por si só era academicamente relevante décadas atrás, segundo ele. Em lugar de um tom imperial, esquivo, sintonizou-se com as vozes que reverberavam em seus ouvidos.

Arriscado era apostar todas as fichas no doutorado [na verdade, apostar todas as fichas no que quer que seja é arriscado, sempre]. Por não pensar noutra coisa além da pesquisa, negligenciava o presente. Seus sentidos moviam-se no futuro: defender a tese, prestar concurso público para professor-doutor da USB e desfrutar desse *status*: "Não era uma aposta num diploma, apenas", grifou. "Eu estava apostando também num conteúdo e numa forma distintos."

Achou que a tese devia ter um enredo – literariamente convidativo, de preferência – que potencializasse o drama típico do imigrante deslocado/descolado; e que os projetos pessoais da esmagadora maioria de seus personagens expatriados eram tão vagos quanto frustrantes; e que, por meio de um método calculado e uma escrita autoral, exporia as maneiras de ser de cada um, tanto quanto as suas próprias: "Eu queria que o texto não apenas respondesse à hipótese, mas que expusesse os meandros da pesquisa também".

"Você levou em conta o risco de essas ideias distorcerem o resultado final?", perguntei-lhe durante uma conversa no banco de um parque da região central de São Paulo.

"Acho que qualquer autor de pesquisa qualitativa em Humanas escreve impelido principalmente pela necessidade de tentar resolver os seus próprios problemas, colocando-os no papel. Uma amiga dos tempos de pós, doutoranda também, costumava dizer uma coisa certíssima: 'Você é o que você pesquisa'."

Acompanhando com atenção os sabiás que vieram se aproveitar dos farelos de pão do nosso lanche, ele meditou um pouco: "Eu procurei dirigir a minha vontade para uma finalidade, um propósito. O ideal que move qualquer *outsider*, seja jovem ou idoso, rico ou pobre, migrante ou sedentário, pertencente ou desenraizado, é a autobiografia". E em apenas seis meses de intenso trabalho de campo, a hipótese central já lhe parecia forte e longeva [como um carvalho]: "As razões que levam uma pessoa a imigrar são individuais e vão muito além daquelas declaradas em público. As alegadas motivações macroeconômicas são apenas a fachada".

*

Em junho daquele ano, Mick Jagger teve uma dor de dente após um *show* dos Stones em Lisboa e foi parar no consultório de Wander por acaso. A mídia local correu atrás da história. A notícia se desdobrou em várias, num misto de desinformação, sensacionalismo e xenofobia. "Dentista que atendeu Jagger é brasileiro e está a trabalhar ilegalmente em Portugal", dizia uma delas. O rosto de Wander apareceu em todos os jornais e telejornais.

Com um pequeno copo d'água, fez-se a tempestade. Wander foi transformado no bode expiatório de uma questão que afetava outros quinhentos dentistas brasileiros em situação, digamos, irregular, o que não significava que fossem todos "imigrantes clandestinos". O fato é que até então vigorava uma espécie de acordo tácito no qual as autoridades, os cidadãos e a imprensa faziam vistas grossas ao problema da baixa oferta de médicos-dentistas formados em Portugal. [A *língua é minha pátria*, p.172]

Com a entrada na Comunidade Europeia, Portugal, tradicional exportador de mão de obra, passou a atrair profissionais lusófonos e do Leste Europeu. Na França e na Alemanha, para onde os portugueses imigraram aos milhares nos tempos da ditadura de António Salazar e da revolução de 25 de abril de 1974, eram vistos como trabalhadores incansáveis. Dentro de Portugal, no entanto, predominava o comodismo.

Devido à estabilidade e à tranquilidade em que viviam, os médicos-dentistas portugueses nunca sentiram necessidade de crescer na carreira e, naturalmente, ficaram muito incomodados com a concorrência dos estrangeiros. E nem os altos fluxos de investimentos internacionais atenuaram a onda de xenofobia (de "brasileirofobia", inicialmente) que assolou o país nos anos 1990. [idem, p.175]

Wander e os outros dentistas brasileiros em atividade foram processados pelo Conselho Português de Odontologia por falsidade ideológica. O Conselho alegava que eles haviam se recusado a prestar o exame de validação de seus diplomas em Portugal. Em entrevista esclarecedora dada a uma rede de televisão portuguesa em horário nobre, Wander rebateu a afirmação de que os brasileiros estavam se recusando a prestar o tal exame.

"Honestamente, senhoras e senhores, a Escola de Medicina Dentária de Lisboa, uma das instituições credenciadas a aplicar o exame de validação dos nossos diplomas, tem-nos impedido de fazer a prova", Wander afirma, solenemente [assisti à fita VHS que Jaime gravara]. "Eu mesmo já estive lá duas vezes e, para minha surpresa, ouvi do representante o seguinte: 'Ora, o senhor vai ser reprovado mesmo, então para que perder o seu tempo?'."

O "representante" era ninguém menos que o dentista português Álvaro Simões Coelho, que imigrara todo feliz para "o país de Jorge Amado", mas que, cinco anos depois, decidiu retornar para a sua terra natal. Na mesma reportagem em que Wander é ouvido, Álvaro diz ter sofrido preconceito idêntico no Brasil: "Mas os portugueses podem ficar tranquilos. Como chefe-responsável pelo acesso à equivalência dos diplomas, serei ainda mais rigoroso no controle da situação".

A gritaria extrapolou a especificidade grupal e adquiriu dimensão gigantesca. Nas tascas de Lisboa, ouviam-se comentários de que "brasileiros não cumprem promessas e banalizam a amizade, dando tapinhas nas costas"; que "brasileiros são interesseiros e focados em aparências"; que "brasileiros são um bocado mafiosos".

"As xenofobias de sempre. E uns travestis tupininquins que há anos haviam ocupado a rua Conde de Redondo foram agredidos por radicais." Os agredidos não deixaram por menos. Resgataram de seus depósitos de estereótipos um arsenal de piadas de "portugas". O emblema simbólico dos revides era a frase "Exceto portugueses!" sobreposta aos braços abertos do Cristo Redentor.

[No século XIX, o termo lusofobia – ódio ou repúdio por qualquer coisa ou pessoa que tivesse origem em Portugal – foi usado para descrever os sentimentos nacionalistas do Brasil durante o período regencial. E a palavra *portuga* sempre teve um tom claramente pejorativo. Referia-se a lusitanos de inteligência medíocre, para dizer o mínimo.]

A chamada "guerra dos dentistas" criou um baita problema diplomático. Uma missão brasileira foi a Lisboa rediscutir o Acordo Cultural de 1966. A primeira providência foi o congelamento das ações contra dentistas brasileiros, mas as saias do governo português continuaram justíssimas. Era preciso zelar pelas normas da

Comunidade Europeia, que defendia a exigência de visto de entrada até para turistas brasileiros, e ao mesmo tempo fazer valer os acordos bilaterais.

No ano seguinte (1992), a prática da atividade médico-dentária em Portugal para indivíduos com o título de cirurgião-dentista obtido no Brasil, sem equiparação, foi legalizada. Somente em 1994 algumas distorções do Acordo Cultural de 1966 seriam resolvidas de fato. Na prática, o governo português reconhecia os duzentos dentistas brasileiros cadastrados até 1993.

"Apesar das diferenças e estereótipos, portugueses se relacionavam melhor com brasileiros do que com outros imigrantes."

De modo geral, porém, portugueses e brasileiros usam as ligações históricas, culturais e linguísticas para compartilhar experiências, interagir e construir imagens recíprocas. Esse compartilhamento ajuda a desconstruir certos estereótipos. A situação dos brasileiros em relação a outras comunidades de imigrantes é privilegiada, até. Os africanos e os ciganos, por exemplo, estão mais sujeitos a discriminações e xenofobias. [idem, p.178]

*

Apesar de adaptado a [e decidido a permanecer para sempre em] Lisboa, Wander cultuava a brasilidade, diferentemente de Jaime, que era antinacionalista e tinha vergonha de ser brasileiro.

Nem orgulho de ser preto tinha.

E discriminaram-no em um restaurante.

"Só podia ser africano", ouviu o *maître* dizendo ao garçom incomodado com os pedidos do cliente para alterar o cardápio.

Jaime evitou o confronto.

Wander, por sua vez, procurava não misturar os problemas pessoais que estava enfrentando (dificuldades financeiras e no casamento) com questões culturais.

Em setembro de 1991, com a imagem pública restaurada positivamente, ele realizou um de seus sonhos: visitar uma tribo de índios ianomâmis, no noroeste de Roraima, região de fronteira entre as amazônias brasileira e venezuelana.

"Seu fascínio por índios tem a ver com a mãe dele, que descende de caxiponés."

Alessa nunca se opôs ao plano do marido, mas asseverou – e foi a primeira vez que ouvi alguém usando o verbo "asseverar". "Índios são para *indianólogos*. E o único lugar de clima tropical que eu ousava conhecer era Cuba, tu sabes. Como diz o Jaime: 'Vá indo que eu não vou'."

Wander caminhou pelas ruas de Boa Vista – a única capital brasileira totalmente localizada ao norte da Linha do Equador –, de *shorts*, camiseta, bota de alpinista e óculos escuros antirreflexos. Jovial, magro, transpirando muito e se achando um felizardo, ele levava às costas uma mochila com cordinhas e compartimentos mil.

Os visitantes (Wander e dois amigos seus, um suíço e um português) diferiam muito do padrão local e ainda por cima pareciam estar puxando do fundo dos pulmões gritos de "ei, vocês, nós não somos daqui, percebem?".

E seus humores haviam sido negativamente alterados por causa de um ato arbitrário de um agente alfandegário no Galeão. O homem prendeu todo o equipamento de filmagem do trio.

No dia da apreensão, mesmo eu tendo sido honesto e verdadeiro, os caras me enfiaram na fila "bens a declarar". Vasculharam as minhas malas. Questionaram minhas intenções. Depois de umas cinco horas de burocracia e desespero, bati boca com um Zé-Mané engravatado. O filho da puta tinha um gravador no bolso. Ligado! A prova do desacato não me demoveu da ideia de processar o Sistema. O advogado que contratei disse que ia ser moleza liberar nossos pertences. Mas ele desistiu do processo no meio do caminho. Picareta! Outros dois não se interessaram pelo caso. O único jeito era pagar um imposto de quarenta mil, dez vezes o valor da bagagem, sei lá, algo assim. Comprar os mesmos modelos novos outra vez? No Brasil? Ficou louco? Tudo no Brasil é caríssimo. Uma insanidade. Meus compatriotas ficam esperando reformas que nunca vêm; e iludidos de que entrarão no mundo dos ricos – os portugueses, aliás, são mestres nesse tipo de ilusão. [idem, pp.194-5]

Mesmo assim, foram ao encontro dos ianomâmis, "humanos muito melhores que nós, ocidentais sacanas". Uns brancos de umas ONGs os receberam em Boa Vista como potenciais inimigos.

As coisas não são simples assim. A gente não deixa qualquer um entrar nas aldeias. Dizer que tem boas intenções e que acredita na nossa causa é pouco. O senhor tem que apresentar os papéis, sr. Wander. Os indígenas necessitam do respeito à Lei e nós estamos aqui para ajudá-los nisso.

Lei?

Um bando de intelectuais havia se apropriado das aldeias baseados em visões reformistas de mundo, firmando posição inflexível e contrária às visões de outros sujeitos igualmente metidos a reformadores.

Wander ligou para Lisboa para dizer que ele e os dois amigos estavam bem e que o mais provável era que mudariam o curso da "expedição" porque não iam conseguir entrar em território indígena tão cedo. Mas nem Alessa, nem Jaime, nem a faxineira romena estavam no apartamento da rua dos Bacalhoeiros.

*

Enquanto o telefone tocava insistentemente no apartamento da rua dos Bacalhoeiros, Alessa dirigia seu carro [um Volkswagen Golf II, 1.3, 1989, duas portas] em direção à Serra da Estrela, cadeia montanhosa que sustenta os pontos mais altos de Portugal.

Próximo a Abrantes, o céu parecia uma gigantesca laje baixa. Descargas elétricas ameaçadoras picotavam o horizonte. Trovões de dimensão planetária arrepiavam os aldeões. Uma escuridão cinzenta ofuscou os espaços luminosos do mundo, como num eclipse. E a tempestade anunciada chegou com uma rapidez impressionante: pingos grossos, inclinados em todas as direções, estourando no para-brisa como balas de metralhadora.

Alessa acendeu faróis e as luzes de alerta. Desacelerou. A visibilidade era mínima. Os vidros embaçaram muito. Não havia como acostar. A pista era uma correnteza assustadora. O motor urrava, deslocava ondas de água, mas parecia preso ao chão.

"A história havia sido reduzida àquele momento áspero em que o centro não interioriza, a imensidão encurta e as arestas não podem ser aparadas apenas com a vontade."

Curvada sobre o volante, lábios apertados, Alessa procurava veios, mas tudo o que conseguia enxergar eram os estilhaços transparentes atravessados pelos faróis.

"Isto logo passa", ela repetia, confiante.

"Vamos parar no próximo posto", sugeriu o assustado Jaime.

Se houvesse um!

O ruído da chuva no teto do carro era feroz, sinistro.

E ele, hirto, se calou.

Alessa admitiu que estava morrendo de medo.

Encostou.

Finalmente.

"Nunca dirigi debaixo de uma chuva como esta", ela admitiu.

"Melhor eu pegar o volante. Não podemos ficar parados aqui."

Jaime se apressou em abrir a porta, fazer a volta pelo lado de fora.

Sentiu a chuva golpear sua cabeça cheia de grilos e culpas.

Alessa se contorceu para trocar de assento pelo lado de dentro.

Depois de tantos disparates, o que mais podiam esperar?

Não rodaram nem dez minutos.

Jaime foi obrigado a reduzir até parar.

"Colisão, queda de barreira, de ponte, inundação ou tudo isso junto. A gente não sabia exatamente o que estava acontecendo. As estações de rádio apenas chiavam. Devia ter sido algo muito grave porque o trânsito parou completamente. Abri o vidro, dei uma espiada. Havia uma fila infinita pontilhando de lumes a estrada, que ascendia ao longe. Já havia outros carros parados atrás de nós. Levantei o vidro. Ainda chovia. Desliguei o motor. Mantive apenas o alerta ligado. A escuridão e a neblina nos engoliram."

Jaime apoiou a cabeça no encosto, fechou os olhos, suspirou.

Alessa mordeu um quadrado de chocolate amargo.

"Sempre comia chocolate amargo quando ficava nervosa."

Num desajeitado movimento para apanhar a bolsa no banco de trás, sua perna roçou a perna de Jaime.

Ela estava de saia.

As mãos encontraram o que não procuravam.

Respirações desesperadas.

Fronteiras interiores se expandindo.

[Ardores sôfregos, contorcionismos.]

E conseguiram.

Uma hora depois, quando finalmente puderam mover o carro com certa constância, a chuva já havia parado, felizmente. Jaime se lembrou de um trecho do discurso que fizera dias antes, na bela casa dos pais de Alessa, em Sintra, durante a festa de aniversário de trinta e cinco anos de Wander.

Era uma noite calorenta. Havia umas cinquenta pessoas. Alessa cuidou de cada detalhe: comidas, bebidas, serviços, projeções de *slides* contando um pouco da história do marido e do casal.

"Além de meu melhor amigo, e certamente por isso também, o Wander está sendo decisivo no meu projeto acadêmico", Jaime disse aos convidados atentos. "Serei grato eternamente por tudo o que ele tem feito por mim." E a oratória empacou. Palavras brincando de gato e rato na boca do orador perfeccionista. "É um *gajo* de honestidade irrepreensível", continuou, "e Alessa, a mulher maravilhosa que ele sempre mereceu."

Os convidados ergueram as taças, beberam goles. O espírito do antropólogo, porém, já estava contaminado. Ele não se conformava que aquele homem inapetente e convencional houvesse conquistado uma mulher linda e forte, enquanto o seu melhor amigo, Jaime, inteligente e distinto, era o eterno preterido. Diluiu essas elucubrações degradantes com uma talagada de uísque [*straight*]. Um estranho gosto adstringente amorteceu sua língua.

*

As tempestades inexplicáveis moveram-se para bem longe de Covilhã (cidade-portal da Serra da Estrela), onde os dois chegaram por volta das nove da noite de uma sexta.

No sábado, sob um céu perfeito, intacto, termômetros marcando dezoito graus ao meio-dia, fizeram passeios de carro e a pé. Sentiam-se leves e harmônicos. No fim da tarde, beberam espumante à beira da piscina do Hotel dos Carqueijais, com uma vista magnífica para o Vale da Cova da Beira.

Havia poucos hóspedes.

Então, podiam ter tudo o que importava – a natureza, o hotel e um ao outro [para consumos próprios].

Amaram-se em conformidade com a disposição que possuíam e em desacordo com a culpa que os assombrava.

"Semanas antes daquela nossa ida à Serra da Estrela, Alessa havia planejado uma viagem de fim de semana ao Porto. Iríamos eu, Wander, Alessa e Joana. Alessa queria me apresentar à Joana, amiga dela. 'Para te desencalhar', brincou. Mas Wander, pra se ajustar à agenda de seus companheiros, antecipou sua visita à Amazônia e a viagem ao Porto foi cancelada. Daí que, se tivéssemos ido ao Porto, nós quatro, eu não teria me entregado a Alessa e... você sabe."

[Noutra ocasião, bem depois daquele fim de semana romântico na Serra, Jaime conheceu Joana. Ficaram juntos algumas vezes, mas, morando na mesma casa, era muito difícil para Jaime resistir a Alessa.]

"Hipnotizante. Seu corpo branco e sardento da testa aos pés, sua magreza indecente, seus cabelos ruivos longos, sedosos, soltos; os olhos verde-esmeralda, felinos, flagrantes; os seios quase imperceptíveis desapareciam quando ela se deitava de costas; e aquele púbis acobreado... uma loucura."

Na Serra, no sábado à noite, Jaime e Alessa engataram uma conversa interessante com o gerente do Restaurante Cova da Beira, pertencente ao Hotel dos Carqueijais, onde jantaram. O homem sabia tudo sobre a natureza e a história locais: da personalidade do Cão da Serra da Estrela (nome de uma raça de cães de guarda natural da região) aos detalhes da produção ancestral de um queijo feito com leite de ovelhas autóctones; das rotas da transumância às lendas envolvendo lobos ibéricos.

Foram para o quarto inspirados e assumidamente bêbados. Alessa se jogou na cama como se estivesse mergulhando numa piscina. Jaime ia fazer o mesmo, mas teve um mal-estar. Pediu um minuto para ir ao banheiro: "Minha cabeça explodia, como se um martelo batesse nela, constantemente. Meus pés gelaram. Ao mesmo tempo, eu pensava que tinha de voltar logo ao quarto para transar com Alessa até não poder mais, mas...". As pernas não respondiam. Sentou-se na beirada da banheira, zonzo, bússola inoperante: "O coração batia numa velocidade assustadora. Me faltava ar. Devo ter apagado. Uma eternidade depois, despertei dentro da banheira, ouvindo o zumbido do reator da lâmpada no teto. O corpo empapado de suor. Já me sentia melhor, fisicamente, mas continuava acuado pela certeza de ter causado uma terrível má impressão na Ruiva".

Ergueu-se da banheira escorregando no próprio suor. Abriu a torneira da pia. Olhou-se no espelho. Não havia nada de estranho nem com o seu rosto, nem com a sua memória. O problema era a atmosfera perdida. Tudo bem dizer no dia seguinte que não se lembrava de nada e tal, mas o mais indicado, pensava, era encontrar uma abertura no teto por onde pudesse escapar sem ser notado: "Até porque, pensei, àquela altura, Alessa já devia estar em busca de alguém pra ajudá-la a arrombar a porta do banheiro onde eu estava".

Hesitante, respirando fundo, escapou de seu labirinto imaginário.

E o que viu?

Alessa na cama, nua, dormindo como um anjo.

"Que alívio. Ah, aquelas minhas ideias paranoicas."

Como conseguir dormir sem álcool?

Apanhou a garrafinha do frigobar e o saca-rolhas para renovar.

"E com a taça na mão fiquei contemplando à meia-luz o corpo dela: pérola das pérolas."

*

Alessa se moveu com os primeiros raios de sol.

Espreguiçou.

Abriu os olhos.

Notou a luz do abajur refletida na vidraça.

Virou-se.

Lá estava ele, recostado na cabeceira da cama, observando-a despertar como quem testemunha um nascimento.

"Dei vexame ontem", ela disse durante o café da manhã. Tinha uma expressão burlesca. A voz oscilava entre o barítono e o soprano. "Depois de tanto vinho, experimentar aquele uísque do homem foi uma loucura."

Rituais da Ruiva: ela se maquia num tom marrom médio na pálpebra móvel e na raiz dos cílios inferiores. Usa um lápis marrom para contornar as raízes dos cílios superiores. Cria sombras rosadas nas pálpebras móveis até a linha do côncavo. Depois, as esfuma com o pincel e, por último, aplica gloss rosa nos lábios. E se veste de um jeito que não se pode chamar de chique, nem de clássico, e muito menos de exagerado. Por um impulso de vaidade sóbria, ou profissional, não sei ao certo, até as suas roupas íntimas são escolhidas a dedo. E o seu apego ao asseio é incrível. Ela é intransigente nesse quesito. Seu corpo exala um frescor de banho recente o tempo todo. E só duas coisas a fazem sossegar e se concentrar: tempestade e crepe de frutas vermelhas. Pense numa estrada de ferro: um trilho representa as boas práticas e o outro, as projeções. Ela desliza pelos dois, simultaneamente. E não deixa nem leva arrependimentos quando parte. Tem o dom de começar do zero quantas vezes forem necessárias. Isso não apenas nos relacionamentos. Na maneira de ganhar a vida também. Mantém uma ligação estreita com dinheiro, mas não se considera materialista. Se a situação aperta, ela é capaz de se desfazer sem remorsos de objetos que ela ama. Mas prometi a mim mesmo não me apaixonar. A tese primeiro. [Caderno Amarelo nº 21]

E no horário nobre da televisão, comerciais de bancos vendiam o milagre da realização de sonhos de consumo pelo crédito fácil e rápido. Os portugueses estavam se endividando loucamente. Wander também. Desde que chegou a Lisboa, fez empréstimos não apenas para comprar e reformar o apartamento da rua dos Bacalhoeiros e para os dois carros – o dele e o de Alessa

–, mas também para os móveis, os eletrodomésticos e as bicicletas. Os carnês eram a prova de seu poderio.

A inveja tem papel crucial na ideia de 'brasileiro contra brasileiro' em Lisboa. A inveja cria uma linguagem comum de defesa; cria uma sociabilidade marcada pela competição simbólica e pela competição econômica. [Idem, p.166]

*

Jaime e Wander não eram os mesmos do tempo de Escola Técnica. Diferentes visões de mundo agora colidindo como nunca. Jaime não mais se media por comparações com pessoas que lhe pareciam maiores e melhores, talvez porque já possuísse voz própria e um estilo de escrita em progresso, que lhe aguçava a assertividade. A falsa modéstia e a submissão não mais lhe aderiam. Adquiriu aversão às convenções ("hábitos osmóticos") e às carências alheias.

O carente, agora, era Wander, que percebeu que Alessa estava "estranha" e procurou Jaime para conversar a respeito. Ouviu somente evasivas e comentários frágeis. Parecia que quanto mais Wander cobrava a presença de Jaime, mais Jaime se afastava; quanto mais jogava indiretas sobre "a inevitável decadência das amizades hoje em dia", mais Jaime exibia uma racionalidade que ele sabia que faltava ao seu amigo.

A relação de lealdade dos dois se tornava enganosa.

Quando éramos colegas de sala no curso de edificações, eu mentia para mim mesmo e para a turma sobre namoros e transas. Minha timidez era patética. Tive uma educação castradora. Só perdi a virgindade aos dezenove anos, fato que sempre tratei como uma espécie de falha de caráter. Mas eu inventava histórias incríveis pro Wander, para mostrar que eu era, digamos, "um cara que se entrega facilmente ao sexo". Eu achava que era a única maneira de eu ser admirado, na época. (...) Agora parece que o estado de evolução psicológica em que me encontro afronta-o. Ele tem jogado na minha cara cada coisa: do drinque que me obrigou a aceitar "semana passada" ao comentário negativo que fiz "ele nem sabia quando". E fica repetindo a indireta "sou o que sempre fui" como que para me alertar para o "fato" de que eu não era mais o mesmo. [Caderno Amarelo nº 21]

Na primavera de 1992, Jaime não morava mais com Wander e Alessa. Alugara um estúdio na idílica Calçada da Graça, perto do Eléctrico 28 [Martin Moniz a Prazeres], mas a um custo muito elevado para sua poupança àquela altura esvaída. Para cortar custos, mudou-se para uma pensão. Estava perto de concluir o último capítulo da tese escrita com uma autonomia tão teimosa quanto insubmissa. Nem Marília Bering, sua orientadora na USB, foi consultada: "Apostei que ela se encantaria com o texto todo redondinho e coeso".

Wander e Alessa tentavam se acertar, dando mais atenção às insatisfações um do outro do que à ilusão de um relacionamento sem insatisfações. Até porque Wander não ia mudar: ia continuar vaidoso, estabanado com objetos [as coisas nunca se encontravam em seus devidos lugares], retardado em relação aos relógios (Alessa, a mulher mais pontual do mundo, teve de se render aos atrasos dele), disfarçando seu machismo e exercendo seu repertório erótico (mas não mais com prostitutas caras e com a diarista romena, que foi demitida).

"Apesar dos apelos e protestos das amigas libertárias e engajadas, Alessa não percebia que, além de esposa, estava virando um misto de mãe e secretária de *Wonder* [ela passou a chamá-lo assim]. Era ela quem gerenciava as contas, os estoques e as burocracias da casa. Cuidava até da respiração dele. Afinal, ele não vinha sendo discriminado pelas autoridades neoliberais fascistas infiltradas nos sindicatos dos dentistas? Coitadinho!"

Em contrapartida, seu marido, humilde e generoso, passou a dizer obrigado até à própria sombra e adicionava "por favor" até antes de um sussurro. Como um tique. E cobria Alessa de mimos e gracejos. Sua sensação de felicidade virou a maior prova de que Wander precisava mesmo era de alguém que o ajudasse a quebrar o tabu de só se dar bem no trabalho, nunca no amor; alguém que reconhecesse sua inteligência não aproveitada.

Na véspera do retorno *àquela cidade*, o "sumido" Jaime apareceu no apartamento da rua dos Bacalhoeiros para se despedir de Wander e Alessa e lhes agradecer por tudo o que fizeram por ele. Queria também deixar uma cópia encadernada da tese para que Wander validasse [sem reparos] sua participação no texto.

Foi recebido friamente.

"Fui sincero e honesto, mas eles não se emocionaram. Ficaram os dois, estáticos, em silêncio, me olhando, meio que sem entender a minha presença ali, naquela hora. Alessa estava usando a tiara de fibras andinas tingidas com as cores do arco-íris que lhe dei de presente. Daí o Wander se aproximou. 'Ah, veio me dizer obrigado. Legal. Mas não fiz mais do que a minha obrigação!', ele disse, irônico. E afundou o meu nariz com um soco potente. Caí. A tese foi parar longe. 'Fora! Fora daqui', Wander gritou."

Jaime desceu as escadas aos pulos, tentando conter o sangue, que deixava rastros pelo caminho. Enfurnou-se no quarto da pensão abarrotado de malas e caixas etiquetadas. Sentia-se revoltado. Inaceitável que a mulher mais interessante de sua vida houvesse reatado com aquele "brasileiro típico".

Mas a vida do casal virara de ponta-cabeça.

A notícia da gravidez, parece.

*

Saiu para o Aeroporto da Portela assombrado por dois dramas simultâneos: o *affair* e o retorno *àquela cidade* (este último, um tanto massacrante).

Seus duzentos e tantos quilos de bagagem não eram os de um viajante qualquer. Além das dívidas que explodiriam em seu cartão de crédito e das dezenas de livros, suas malas e caixas estavam abarrotadas.

Havia abridor de latas elétrico, processador para sucos, moedor de café portátil, botas de cano longo duráveis, vinhos, CDs comprados por correspondência, casacos espessos... e na bolsa de mão o *laptop* com tela em preto e branco que comprara em Paris, embalado com plástico bolha e envolvido em fronhas para enganar a Receita Federal. E o que dizer dos 47 cadernos pautados com informações valiosas e um sem-número de microcassetes?

"Minha memória nem é capaz de registrar agora outras dezenas de itens mais ou menos ridículos de se trazer, mas que significavam muito para mim; e alguns deles, por incrível que pareça, não podiam ser facilmente encontrados *naquela cidade*. Você não sabe, mas os brasileiros não tinham fácil acesso às facilidades domésticas."

Dentro do avião, sua única certeza, embora fingisse não tê-la, era a de que aquela movimentação internacional de apetrechos era ineficaz do ponto de vista psicológico. O alvo de sua afeição era a cidade assentada às margens do Tejo, onde ele passou quase dois anos, e ela não podia ser transportada no jato, que, indiferente à melancolia do passageiro apático, decolou às nove e vinte da manhã sob um céu altíssimo.

"Vi do alto a urbe que esquadrinhei a pé, esquina por esquina; que vasculhei também por seus subterrâneos, de estação em estação de metrô. Conheci fascinantes cidades amuralhadas no interior do país também, mas a lição assimilada em cada partida era sempre a mesma: o melhor de tudo, sempre, era voltar para casa, ou melhor, voltar para Lisboa. A minha Lisboa. Olhando pela janela, notei o reflexo do meu enorme nariz de negão. Chorei. E me veio um aperto no peito."

Não queria voltar, mas era preciso: o dinheiro estava curto; não teria coragem de viver lá em cima sem antes tentar (pelo menos tentar) uma carreira [e um *status* venerado] lá embaixo; a tese havia adquirido uma dimensão maior que a projetada; e perdera o encanto o jogo de sedução com Alessa – pelo que entendi, foi uma fantasia dele, pois ela nunca lhe dera esperanças. A primeira etapa da jornada chegava ao fim e um silêncio profundo e melancólico o ocupou.

Passadas as primeiras comoções, a aeronave virou uma espécie de "calmante goela abaixo". O confinamento em uma bolha lacrada e pressurizada o ajudaria a suportar os bons e os maus pensamentos. Naquela prisão ambulante, não havia nada melhor para fazer além de rever alguns episódios e seus significados.

E o promissor antropólogo atravessou trechos tão vastos quanto ignorados de suas experiências recentes. Os cadernos de anotações, beneficiários de insights vigorosos, reveladores, escritos a qualquer hora, estavam agora adormecidos.
[Caderno Amarelo nº 21]

Quando menino, eu passava as férias escolares com meus primos no interior, longe. Eram as melhores temporadas que um solitário garoto urbanoide pobre podia ter. A liberdade me possuía; os lambaris me pescavam; o futebol de rua me jogava para o gol; as brincadeiras de rouba-bandeira, pera-uva-maçã, esconde-esconde etc. se divertiam comigo. E isso era razão suficiente para eu voltar devastado? Ao chegar, não queria conversar com ninguém, não tinha apetite, chorava pelos cantos. Essas criancices não se repetiram da mesma maneira durante a adolescência ou na fase adulta. Mesmo assim, voltar, ou melhor, voltar para uma casa lá, morando lá, naquela cidade, *me causava uma angústia insuportável. Quando o ônibus, o carro ou o avião atingiam o perímetro* daquela cidade, *eu me desabrigava. Esse mesmo estado de espírito foi tomando conta de mim também no avião que deixara Lisboa. Camuflei preocupações, estiquei mentalmente o percurso, retardei a realidade o quanto pude. E foi rápido, infelizmente. Parecia impossível haver no mundo lugar pior do que aquele onde eu pousava; e me causava tristeza a possibilidade de estar destinado a passar o resto da minha existência ali. No entanto, aqui estou. Esta cidade não é real. É apenas o lugar onde nasci e me criei. Nem belo nem feio. Nem bom nem mau. Não o chamo de minha cidade porque não possuo uma (e nenhuma cidade me possui). Aqui, o povo mora em si mesmo e o acesso a seus esconderijos está sempre obstruído; os apertos de mão são reticentes; os olhares são de quem está pronto para partir em disparada e desaparecer; há o maldito calorão e os intermináveis chuvisqueiros de fim de ano, que, na verdade, encavernam os viventes ainda mais; e, claro, a carência de funcionalidade e beleza. Beleza é fundamental, sim.* [Caderno Vermelho nº 14]

As viagens nos dão conhecimento. São o único bem realmente durável entre o monte de tranqueiras que nos pressionam a possuir. Em uma viagem bem viajada, buscamos em outras culturas aquilo que nos fascina e dignifica. Jaime recarregou as suas baterias com reflexões sobre a grandiosidade do passado, tentando se convencer de que a humanidade – e, consequentemente, a sua vida – é mais gloriosa do que ele imaginava.

"Era madrugada quando descarreguei as coisas em minha quitinete, *naquela cidade*. Fui da confusão à excitação logo que fechei a porta. Tudo estava como sempre, o que tanto podia significar conforto como desconforto.

Havia um nó-cego: é como se eu nunca tivesse saído dali e, ao mesmo tempo, é como se eu tivesse estado fora por décadas. Afinal de contas, voltei ou jamais parti? Cada natureza-morta, visível ou microscópica, possuía vida própria; e cada memória contida em cada natureza-morta-viva me afligia. Uma larga fresta ocupou meu coração."

Impressões contraditórias, noções matizadas, fusos horários e outras perplexidades o desarvoraram. Tudo o que foi capaz de fazer dentro do silêncio do velho lar foi abrir as malas, as caixas e os embrulhos com extrema dedicação. É como se precisasse checar se havia estado mesmo onde estivera ou se tudo não passou de uma ilusão. Estava a meio caminho de um lugar que, curiosamente, existia e também não existia; que era e também não era; que havia deixado de ser, mas continuava sendo.

"O país, as pessoas, o lar, as coisas, os modos, os medos, as feijoadas, as músicas, as sobras, as faltas, as eternidades passageiras... atavismos, enfim. Os dias seguintes transcorreram dentro da obviedade esperada. Mas me empenhei para ocultar de todo o mundo o meu maior segredo: 'Voltei, sim, mas não para ficar. Ficar, não. De jeito nenhum'. Vou embora o quanto antes. Mudar e doutorar. Ponto."

Queria ir embora mesmo sabendo que *aquela cidade* era o que ele via nela; mesmo sabendo que o que ele via nela era o que ele é; e exatamente por ser ele o que *aquela cidade* era, desejava partir. [Minha hipótese: o que ele realmente almejava era trancar a porta do seu passado para sempre e jogar fora as chaves. E o que lhe restaria?] Seria o fecho de uma jornada longa, que extrapolava as geografias e a memória. [Lembra o que Tia Mirtes disse à professora quando Jaime tinha dez, onze anos?]

*

Assim que tudo se ajeitou ("nesse caso, tudo se ajeita, infelizmente"), ele encaminhou a tese para Marília, a orientadora. Ela, que nunca esperava textos irretocáveis logo na primeira versão, e muito menos de um pesquisador com quem ela mal trocou algumas cartas, ficou pasma. Normalmente, os trabalhos de seus orientandos eram tão sofridos quanto sofríveis. O de Jaime não. O dele era uma obra de arte.

"Cartógrafo, peregrino e escritor em perfeita simbiose. Seu texto é simplesmente cativante, rapaz. Lamento ter sido omissa com você, mas talvez tenha sido exatamente a minha omissão o que o libertou para uma pesquisa tão sólida e tão autoral", ela escreveu (era a única do departamento de Antropologia Social da USB a ter e--mail em março de 1994, mês em que o índice de inflação atingiu 43%).

A data e a hora da defesa foram marcadas, mas, na véspera, Marília convocou Jaime para uma conversa urgente. Marcaram numa cafeteria: "Atrasada como sempre, ela apareceu com um daqueles seus vestidos de algodão xadrez folgados que iam até as suas canelas exorbitantemente finas. Usava sandália baixa estilo romano. Prendera os cabelos secos com dois lápis para não parecer que acabou de sair da cama, embora esta fosse uma impressão permanente em relação a ela".

Aquele visual informal, além de exacerbar sua estatura de varapau, não fazia jus ao seu caráter cerimonioso, para não dizer frio. Seu linguajar era um bocado singular. Onde quer que estivesse ela vocalizava coisas como "fluxos e refluxos da midiática estruturativa", "discurso elaboracional", "recepção introrreveladora" e "cognição de fundo consumista-performático".

Às vésperas da aposentadoria ("não parecia, mas ela já tinha sessenta anos"), Marília se enveredou pelo pequeno bosque de acadêmicos que se autodenominavam "fenomenológicos". Jaime conheceu alguns deles: "Além de bastante autossugestionados, tinham uma visão mística de mundo. Com belos discursos poéticos – embora frágeis, do ponto de vista epistemológico –, encantavam especialmente os espiritualistas em busca de seus deuses interiores. Mas não sem oposições cruéis. Os detratores dessa linha 'religiosa' eram sérios e renomados, mas irritantemente conservadores. Referiam-se a Marília como 'A Esotérica Primitiva'".

Nos bastidores, Jaime ironizava as esquisitices de sua orientadora, mas impressionava-o a capacidade dela de discutir com propriedade assuntos que ela não dominava. Num congresso sobre estudos culturais, ela afirmou que a experiência pessoal de pensar livremente *é* uma indicação fortíssima de que algo não físico está ativado dentro de nós. *Ou vocês pensam que a matéria tem como gerar liberdade?*

Acusaram-na de querer impor acintosamente as suas crenças. Jaime, intolerante com os discursos narcísicos dela, tratava-a como apenas mais uma pessoa carente no meio do seu caminho. Ela se consolidara em uma linha de pesquisa diferente daquela que realmente interessava a ele, e, por causa disso, apostou que ela não tentaria controlá-lo ("Ah, Marília costumava controlar até a respiração de seus orientandos").

Seu caso era diferente, porém: "Eu sempre soube que ela nunca acreditou que um *outsider* como eu fosse capaz de produzir algo meritório. Para ela, eu não passava de mais um menino convencional necessitado de um pouco de 'ciência de ponta', expressão que, na voz dela, soava como 'ciência para quem acredita pouco em ciência e muito no divino que mora dentro de nós'. O fato é que ela não só não me policiou como me abandonou à própria sorte, o que, aliás, foi ótimo. Vivendo à distância, pude produzir exatamente o que eu queria."

Em outubro de 1994, a superinflação ficou de cabeça para baixo com o sucesso do Plano Real. A internet ainda não havia potencializado ao máximo a dependência individual por informação [útil e inútil], por conhecimentos gerais [tão gerais que turvam], de pertencimento [sentir-se atualizado com o que acontece com os famosos], de ocupação [vencer o ócio insuportável] e de entretenimento [superar a solidão], mas Marília já sofria da então chamada "síndrome da fadiga da informação" [sic].

"Ela acompanhava tudo o que acontecia no Brasil e no mundo. Prestava atenção em tudo o que saía na mídia. Mas não me parecia ser um interesse genuíno. Acho que a compulsão dela por 'fatos exteriores à sua existência' era uma maneira de evitar pensar sobre si mesma, sobre suas necessidades de afeto e atenção, seus vazios. Para você ter uma ideia, ela nunca ia direto aos assuntos. No dia da 'conversa séria', ela primeiro falou de... terrorismo! Não me lembro exatamente por quê."

"Os atentados terroristas têm sempre algo em comum", ela analisou. "A utopia; a maneira simplista de raciocinar, a clandestinidade, o prazer de arquitetar os ataques, as performances simbólicas. Na verdade, mais do que gente morrendo, o que mais querem é que seus espetáculos de horror sejam assistidos pela massa. Ao vivo, de preferência."

Jaime se lembrou de dois filmes não associados normalmente ao tema, mas que, segundo ele, elucidavam o terrorismo. Em *Os pássaros*, Alfred Hitchcock mostrou o que as aves podiam fazer e que, felizmente, não fazem: atacar viciosamente qualquer pessoa sem que tenha havido a menor provocação. "Nesse sentido", continuou, "*A lista de Schindler* é interessante também, mas sob outro aspecto."

"Ah, esse filme é uma droga", Marília retrucou, reiterando uma daquelas suas ênfases tão francas quanto mal educadas.

Jaime continuou: "Há uma cena em que o oficial alemão está tomando café da manhã na varanda de sua casa luxuosa. De repente, ele pega o rifle e, meio que por esporte, começa a matar pessoas no campo de concentração logo abaixo. Lembra disso?".

"Claro."

"Então, enquanto ele matava as pessoas aleatoriamente, a acompanhante dele dormia nua, retraindo os músculos e cobrindo a cabeça com o travesseiro a cada vez que ele dava um tiro. Ela ouve e sabe o que está acontecendo lá fora, mas não faz nada."

Marília ficou aguardando a conclusão de Jaime, estranhando a desenvoltura dele, sempre tão retraído.

"Aquela mulher estava experimentando e ao mesmo tempo sendo conivente com o terror", ele concluiu.

"O terror é um produto da época e do lugar, *à cause et conséquence de la Histoire*", a orientadora comentou, um tanto pernóstica e sem entusiasmo, talvez porque estivesse perdendo terreno para o interlocutor. O centro das atenções tinha de ser *ela*.

E aproveitando a hesitação dele, ela finalmente lhe deu a notícia: os membros da banca – professores afinados com a proposta de uma antropologia autoral – haviam telefonado para ela na noite anterior.

"Os quatro receberam ontem por Fedex uma carta assinada pelo seu personagem imigrante, o brasileiro Wander. Na carta, ele afirma que você foi 'antiético' na pesquisa e 'mentiroso' no texto."

"O quê?"

"Isso mesmo que você ouviu."

"Ele enviou para você também?"

"Não."

"O que ele disse?"

"Fiz uma cópia."

E leu para Jaime alguns trechos grifados:

... Lembro que fiquei muito feliz por restabelecer o contato com o Jaime. E das cartas escritas à mão logo passamos aos microcassetes. A gente falava diretamente um para o outro. Até esse material privilegiado/privado ele utilizou no texto que ele chama de "tese". Quando digo ele, não estou me referindo a uma pessoa qualquer, mas sim ao sujeito em quem confiei por considerá-lo meu melhor amigo. (...) E, no entanto, essa pessoa em quem acreditei ocultou de mim suas reais intenções; expôs detalhes da minha vida íntima e teceu afirmações levianas a meu respeito, empenhando-se em me diminuir. (...) Sim, o "doutorando" Jaime Bastos me usou como "amostra grátis". (...) Sob qualquer ponto de vista, mas principalmente pelo prisma moral, o texto que vocês têm em mãos é inaceitável. (...) Acreditando na reputação de transparência de vossa Universidade, coloco-me à disposição para ajudá-los a evitar a propagação de maus exemplos como o que ele está dando. (...) E espero não ser necessário acionar as vias jurídicas cabíveis...

Jaime quase caiu da cadeira.

Seu estômago revirou.

Teve ânsia de vômito.

"Olha, ele deve estar sendo assessorado por alguém que entende de direitos de privacidade", Marília ponderou, "porque as afirmações estão muito bem fundamentadas."

"Isso é um pesadelo. Não acredito que ele fez isso."

"O impacto foi assustador: os professores convidados para a banca estão agora duvidando até da sua identidade."

Quando Marília sugeriu o adiamento da defesa e a eliminação de vários trechos (não apenas os que se referiam diretamente a Wander), Jaime entrou em pânico. Protelar era, em si, torturante: sem o título de doutor, perderia o prazo para se inscrever no concurso para professor na USB, sua grande (e única) aposta na vida. E os cortes de trechos "controversos" mutilavam completamente o conjunto. *Mea-culpa*? De jeito nenhum. A declaração de culpa seria ainda pior do que a culpa e o sentimento de culpa.

À medida que se inteirava da situação, ele foi se deixando tragar por outro daqueles seus cada vez mais frequentes redemoinhos cerebrais.

Extrapolando os fatos.

Entrando fundo no enredo paranoico que sua mente criava.

Tornando-se refém de uma linguagem silenciosa que dava forma aos seus pensamentos negativistas.

Revivendo eventos de décadas.

Elaborando explicações complexas que iam do Império Romano ao ano 3000, quando a espécie humana provavelmente já estará extinta.

Dramatizando as implicações [cada uma mais inverossímil que a outra] da radical providência que ele teria de tomar nas horas seguintes.

E procurando desesperadamente o botão que desligaria seu horror a adversidades e transtornos.

O ponto de vista só podia ser meu, ora. Antropologia é arte. 'O lugar e a tribo nem sempre coincidem', não é mesmo, Dona Não-Assume-Nada-Marília-Bering? Ou talvez eu mereça essa encrenca, já que, no fundo, não duvido de que eu seja um autor sem qualidades. E o esforço sobre-humano que fiz para chamar a atenção dos humanistas demagógicos da USB *terá sido em vão? Ah, não! Mas, se de fato errei tanto – nunca acho que estou certo, por isso me perco –, como fui capaz, logo eu?* [Microcassete nº 48 – voz de Jaime meio bêbado]:

Atravessou o dia surtado: as espirais mentais, de novo. Mas, num raro momento de serenidade, telefonou para Marília para argumentar que as denúncias de Wander eram inespecíficas e que apresentaria à banca, em sessão fechada, uma hora antes da defesa, documentos contendo os pactos de pesquisa assinados pelo "personagem". E levaria também os áudios que reforçavam a consciência de Wander em relação a esses pactos. Implorou "quase de joelhos" que a defesa não fosse adiada.

Para espanto dos funcionários da secretaria acadêmica, a estoica orientadora acabou concordando em manter a data e a hora. Mais: ela conseguiu convencer os quatro convidados ("eu os conhecia, sim: dois homens arrogantes e duas mulheres indiferentes") de que, apesar da imprudência de seu aluno ao sobrepor sujeito e objeto, tudo não passava de uma dificuldade do imigrante em questão de compreender os desafios etnográficos.

Marília cortou a conversa, ameaçando-o categoricamente, por fim: "Resolva essa coisa de uma vez por todas ou você será expulso da USB".

*

A mente inquieta de Jaime misturou os sentimentos, como se os fatos agora reforçassem as suas deturpadas autodescrições. Vivências que pareciam enterradas nos porões do tempo, como a do episódio em que seu pai escapou do trabalho para ir à antiga sede do Grande Clube apresentar o filho ao treinador da categoria "dente de leite", mesmo sendo contrário à obsessão do menino de querer ser jogador de futebol, ressurgiram com força.

As espirais e os porquês.

A busca insana por uma coerência entre fantasia e realidade.

Era como se a reação das pessoas estivesse indo de encontro à imagem negativa que nutria a respeito de si.

Os meninos candidatos tinham de ser apresentados por um responsável. Usei todas as artimanhas possíveis para convencê-lo a ir. Aguardei ansiosamente do lado de fora, segurando uma bolsa velha de couro onde guardei a rústica chuteira de cano meio-longo, travas presas com pregos, adornada nas laterais com três faixas brancas paralelas imitando uma marca de artigos esportivos famosa da época. Eu era colecionador de times de futebol de botão que eu mesmo criava com tampas de relógios e distintivos recortados de revistas. Meu pai chegou atrasado ao Clube no dia do teste, quando uns cinquenta garotos aguardavam o momento de exibir suas qualidades. Os meninos do plantel regular não viam com bons olhos aquele bando de aventureiros. Zombaram de mim: da minha estatura mirrada, do semblante intimidado, do calção largo amarrado com um cadarço branco, e das minhas chuteiras esquisitas, "totalmente fora de moda". O treinador escalava formações improvisadas de pretendentes para jogar ora contra os titulares, ora contra os reservas do elenco oficial. Sentado à beira daquela arena de dimensões continentais, me sentia à altura da importância que dava a mim mesmo, embora tudo não passasse de uma fantasia. Uma hora depois de iniciados os treinos, o técnico se aproximou de mim. "Em que posição você joga?" Lateral direito. "Acho que não vai ter vaga nessa aí tão cedo. Pode ser na esquerda?" Sim, senhor, no time do meu bairro eu jogo nas duas. Um apito estridente interrompeu a movimentação. "Então está bom. Entra lá!" E daí eu corro, cheio de maneirismos e esperanças, como um atleta mesmo, até a outra ponta da amplidão, num percurso infinito. De um total de vinte minutos jogados, toquei na bola umas quatro vezes apenas. Num dado momento, tomei um drible por entre as pernas; noutro, um chapéu. Na terceira estripulia, eu derrubei o ponta-direita, verdadeiro trem-bala, o titular. O menino se levantou, nervoso, encostou o nariz no meu nariz e gritou: "Isso é treino, seu imbecil". Na mesma hora, o técnico me substituiu. Envergonhado, fiz a volta no campo todo, rumo ao vestiário. As travas presas com pregos das minhas chuteiras faziam um barulho horrível no chão de cimento. Ouvi múltiplos insultos durante o trajeto:

"Cresce, pirralho!"

"Volta pra várzea, toquinho!"

"Ei, você aí, vem cá para eu te mostrar o que é uma chuteira."

Olhei ao redor. Meu pai já havia partido há séculos. Não tenho muito a dizer – a memória é fugidia – sobre o homem másculo, energético e impiedoso que me levou àquele teste no Grande Clube, e que sempre me tratou como se eu não existisse. [Microcassete nº 102]

*

Imaginem o estresse na véspera: fazia um calor grotesco *naquela cidade*. Com as janelas abertas, havia o barulho ensurdecedor dos carros num ponto degradado da região central; com as janelas fechadas, porém, era o inferno. O ventilador urrava. A umidade relativa do ar devia estar em vinte por cento por volta das onze da noite, quando tomou dois comprimidos de clonazepan 2 mg.

 E nem assim conseguiu pegar no sono. Sua agitação era surreal, com espasmos. Braços e pernas batucavam velozmente na cama. Parecia eletrocutado. Levantou-se. Os pés frígidos deixavam um rastro de suor pelo caminho. Comeu um quilo de bolachas com cobertura de chocolate mesmo sem fome. Não conseguia parar de comer as bolachas, mesmo com o estômago lotado. Precisava interromper aquele processo.

 Como?

 Ligar para alguém, não foi capaz.

 Gritar, não gritou.

 Surrar os músculos voluntariosos ao correr pela rua, não correu.

 Virou um copo de conhaque para desligar *mesmo* a chave geral.

 Imaginem o constrangimento da reverente, religiosa e ajustada Marília Bering, que, sem notícias de Jaime, atrasado havia horas, como nunca antes, desculpou-se com os membros da banca, seus amigos pessoais, e cancelou a defesa.

Imaginem a cara dos membros da banca – ah, eles/elas, sempre tão ocupados com seus umbigos, desmarcaram compromissos importantes para estar ali, enfrentaram um trânsito insano para estar ali, consumiram partes de suas vidas altamente relevantes para levar suas brilhantes questões até ali...

"Nunca dei notícias", Jaime revelou-me na sala de estar de seu apartamento, misturando o açúcar do café. E em seguida me mudei para São Paulo, anônimo. E me encontrei, e me perdi, e me encontrei de novo. E só."

Então...

A cópia que encontrei por acaso na biblioteca havia sido colocada lá por você mesmo, num momento de...

"Isso."

E o concurso para professor, que acontece uma vez na vida, outra na morte, foi...

"Foi pro espaço."

No ápice de suas desilusões, e pensando em Alessa o tempo todo, a linha que separava Jaime da morte desapareceu.

Ele saltou da janela do apartamento onde morava, no bairro das Perdizes. Quarto andar. Tomou um impulso tão longo antes de se lançar no espaço que cruzou o território de seu edifício por via aérea e foi parar dentro da piscina do prédio vizinho.

"Quebrei vários ossos. Passei três semanas no hospital. Meses engessado."

O tal "acidente" que resultara na perna direita coxeante...

"Sim. E o exame de sangue ainda me dedurou: minutos antes de pular, eu tinha ingerido drogas, digamos, ilícitas."

E sorriu.

Não me lembro de quem era a música que tocava no vinil, mas a letra era mais ou menos assim:

You're allways nowhere.
But you'll realize it pretty soon.

Hugo: Desliguei o gravador qdo ele me contou isso. Foi instintivo.
15:12

Tabs: Matar-se por nada. Loser!
15:12

Hugo: O lance dos 'outsiders' eh com a liberdade. Acreditar nela eh pouco. Têm de vivê-la.
15:16

Tabs: Me ajuda ae! E a sacanagem com o Wander, cara tão bacana.
15:21

Hugo: Isso é o de menos.
15:24

Tabs: Como assim?
15:24

Hugo: Nossa educação foi 'calmante'. Fomos protegidos da frustração. Jaime não.
15:33

Tabs: ???
15:35

Hugo: Não exercemos a liberdade. No fundo, idealizamos
15.38

Hugo: Ela, a liberdade.
15.39

Tabs: ???
21:04

Hugo: O que conta eh a experiência.
21:09

Tabs: Caraca, como vc mudou, amor!
22:16

4
AFASTAMENTOS QUE FAZEM DIFERENÇA

COMPREI AS PASSAGENS.
 Estudei mapas.
 Arrumei as malas.
 O Aeroporto de Newark era uma colmeia em polvorosa. Tratei de entrar logo no carro que eu reservara, programar o GPS e dirigir para o norte. Vencida a teia de alças, entroncamentos e viadutos, peguei a New Jersey Turnpike. Atravessei uma zona horrorosa de pântanos, fábricas expelindo lixos gasosos e galpões abandonados.
 A paisagem melhorou quando entrei na Interstate-87 (Thruway), que corria além de mim. Quanto mais eu conquistava terreno, mais nua a natureza ia ficando.
 Restos de nevascas ainda cobriam os acostamentos.
 Experiência nova aquela, de dirigir sem pressa [e sem música tocando nos fones de ouvido].

Houve um momento em que parei o carro e fiquei apreciando a poética daquela vegetação que vem se renovando a cada três meses ao longo de milênios. O planeta no comando das ações, como meus avós rurais diziam.

[Em 2011, quando fiz essa viagem, eu ainda não tinha reencontrado a Tabs. Ah, ela teria adorado ir comigo.]

Na primavera, o sol se aproxima e tonifica a seiva dos bosques.

O calor úmido e extenuante do verão não dura mais que dois meses e vem o outono.

As folhas amarelas, laranjas, vermelhas.

Tela impressionista natural.

E o inverno agora é um choque tão térmico quanto estético.

Eu experimentava na pele a distorção temporal de sair de um lugar cuja temperatura estava em trinta e três graus para outro com dois graus negativos.

Impossível não pensar nele durante o trajeto.

Na verdade, ele não é o típico *baby boomer* da Wikipedia.

Inconsistência e instabilidade não o assustam.

[Temos isto em comum?]

Minha viagem às Montanhas Catskill tinha tudo a ver com um certo Mário Malta, comerciante português de Funchal, Ilha da Madeira.

Jaime e ele ficaram amigos em Lisboa.

Mário chegou a convidar Jaime para ser sócio num comércio em Portugal. Mas, na época, o brasileiro mais antibrasileiro que já vi acreditava que o seu futuro era certo e preferiu apostar suas finanças – então decrescentes – na tese e no concurso para professor.

"Era cheio de esperanças e expectativas. E parecia que nada me deteria. Um magnetismo poderoso me arrastava. E eu simplesmente não podia resistir ao chamado. Ao Malta, porém, aleguei falta de talento para negócios, na época."

Mário foi para os Estados Unidos no final da década de 1990.

"Ele é empreendedor e culto. Esse tipo de pessoa sempre me atrai, você sabe. E ele nunca desejou morar em nenhuma grande aglomeração urbana do mundo. Lisboa foi o máximo que ele conseguiu. Desembarcou aqui aos quarenta e dois anos. Viveu nesta zona bipolar – bela no verão e depressiva no inverno, para os padrões dele – de 2001 a 2009."

Antes de abrir a Malta Fazendas & Sítios, Mário se meteu (e permaneceu sócio) noutros negócios: um restaurante português em Newark, uma transportadora em Binghamton, uma distribuidora de suprimentos de informática em Middletown. Associou-se também a um visionário brilhante, mas paranoico, totalmente contrário a governos e controles.

"O sujeito acabou cumprindo pena de três anos pela sonegação de trinta mil dólares. Desfizeram a sociedade, mas, enquanto o cara ficou preso, Mário segurou sozinho o negócio – um comércio de louças e ferragens em Liberty."

Mário se casou bem jovem com a ucraniana Viktoria. Ela vivia e trabalhava ilegalmente em Funchal, na época. Tiveram duas filhas: Berta e Luna. Em 2009, as duas foram estudar engenharia química em universidades conceituadas de Los Angeles, a cinco horas de avião da Costa Leste. Foi o pretexto ideal para o casal finalmente se estabelecer num estado mais quente e seco.

"Os invernos aqui são cruéis."

Os investimentos do casal no segmento de cultivos, jardinagem e animais domésticos deram tão certo que as lojas andavam sozinhas. Pessoas confiáveis cuidavam do operacional, e Mário e Viktoria, das finanças e estratégias. Ele não se incomodava de viajar quinzenalmente até o estado de Nova York para supervisionar as empresas.

"Desde que imigrou, Mário nunca manifestou o desejo de voltar a Portugal. Essa posição, digamos, controversa dele me encanta até hoje. Talvez porque ele seja um pouco do que eu gostaria de ser. Ele agora estuda investimentos em maconha, aproveitando as leis permissivas aprovadas na Califórnia."

A região das Montanhas Catskills ficou conhecida por seus *resorts* voltados para famílias de judeus de Nova York, que passavam ali férias e feriados prolongados. O turismo foi muito importante para a economia local entre 1920 e 1970.

"Para você ter uma ideia, em 1953 havia mais de quinhentos hotéis, uns cinquenta mil chalés e mil casas para aluguel na alta temporada", Jaime fez questão de me explicar. "Era o auge de um período do qual hoje restam apenas ruínas. O último grande *resort* a fechar foi o Concord, em 1998. Tinha mil e duzentos quartos, três campos de golfe, um salão de jantar para três mil pessoas e uma piscina colossal. Hoje, é um edifício abandonado. A mobília está sendo corroída pelo tempo. As pessoas mais velhas que ainda moram aqui contam que a causa da decadência econômica da região foi a massificação dos aparelhos de ar condicionado, que tornaram suportáveis os verões tórridos e úmidos de Nova York, e das viagens aéreas, que facilitaram os deslocamentos. Além disso, falam em 'aceitação': os judeus não precisavam mais frequentar *resorts* somente para judeus."

[Mas não é bem assim. Antes de partir, pesquisei na internet alguns textos de historiadores que apontam para uma direção mais política: a prosperidade econômica do pós-guerra, a revolução cultural dos anos 1960 e os movimentos contra a Guerra do Vietnã reduziram o apelo desse lugar para as novas gerações de judeus, que têm outras visões sobre o que são "férias" e "vida em família". Nos anos 1990, a maioria dos hotéis de luxo da região de Catskills, que abrange quatro condados, já estava falida.]

O condado de Sullivan, por exemplo, virou um mosaico de restaurantes com persianas abaixadas, sinalizações desbotadas e bangalôs de verão dilapidados que viraram refúgio para colônias *New Age* e pequenos sítios de produção de comida orgânica.

E desde a crise de 2009 uns tantos *manhattanistas* correram para a região em busca de preços pagáveis e uma atmosfera tranquila para se ter uma residência de fim de semana.

[As correntes de trutas do rio Beaver Kill, por exemplo, são irresistíveis para estressados que adoram pescar.]

Foi também por "culpa" de Malta que, em 2009, aos cinquenta e dois anos, Jaime saiu da gigantesca São Paulo para ir viver em Callicoon, cidadezinha de cinco mil habitantes.

Callicoon pertence ao Condado de Sullivan.

Fica a duas horas e meia de carro da cidade de Nova York, no contraforte das Catskills, às margens do rio Delaware, que divide os estados de Nova York e Pensilvânia.

No século XVII, os colonizadores holandeses deram à vila o nome de Kollikoonkill (*Riacho dos Perus-Selvagens*, no idioma neerlandês).

No verão, visitantes afluem para as montanhas em busca de florestas, corredeiras, fauna, flora e ar puro; canoagem, caminhadas e ciclismo; vão para observar as águias e a queda de folhas (sim, gente do mundo inteiro visita o lugar só para ver a coloração e o desfolhamento das árvores no outono); e a Rota 97, que margeia o rio Delaware, é considerada pelas associações de motociclistas americanos como uma das mais belas estradas para se andar de moto no país.

Mário possui uma casa-chácara no perímetro urbano de Callicoon, onde viveu com a sua família um bom tempo.

A experiência de alugá-la para temporadas não foi benéfica. Os últimos inquilinos a deixaram com as paredes descascadas, tábuas soltas, vidros trincados, problemas elétricos, infiltrações, fechaduras emperradas...

"Isto aqui é ideal para o isolamento voluntário – demanda que, aliás, atiça os *outsiders*. Aprendi até a bater pregos!", Jaime escreveu, orgulhoso, em um e-mail que me mandou de lá.

*

Em 2008, sete anos depois da nossa greve contra o jornal falido, Jaime e outros ex-funcionários [não eu] receberam o dinheiro reclamado na Justiça do Trabalho. Jaime aplicou o dele e voltou a sonhar com arribações, sem a cumplicidade de Lara.

Na mesma época, porém, ocorreram episódios horríveis.

Olímpio desmaiou em casa, tombando com o peso do corpo, inconsciente. O impacto da batida com a cabeça no chão lhe causou um sério traumatismo craniano.

Quando ele voltou a si, fizeram-lhe a primeira barba, ainda no hospital. Foi quando o pai de Jaime tomou o espelho da mão do enfermeiro e viu seu próprio rosto.

Quem é este?

E o enfermeiro respondeu com outra pergunta:

O senhor não sabe quem é esse aí?

E Olímpio, cauteloso e desconfiado, disse que devia ser ele, porque, afinal, foi ele quem posicionou o espelho diante de si, mas, na verdade, não era capaz de confirmar, com certeza, que a imagem vista era a imagem dele. O rosto que estava vendo não lhe trazia nada de específico à mente. Não lhe produzia um sentimento autêntico de familiaridade com a imagem vista.

Olímpio adquirira, ainda não se sabe ao certo por qual mecanismo, uma crença ilusória de que havia algo errado com o que ele via.

Na última vez em que Jaime o visitou na clínica de cuidados especiais, *naquela cidade*, o pai não reconheceu o filho.

Era como se estivesse faltando alguma coisa em Jaime, como se Jaime, para quem Olímpio olhava, não fosse quem ele realmente era.

Senhor Olímpio, este é o Jaime, seu filho. Ele veio de longe para te ver.

Mas Olímpio simplesmente não aceitava essa afirmação, pois a presença física de Jaime não produzia para o pai nenhuma informação exata.

Apesar de não reconhecer nem o filho, nem a si mesmo, Olímpio [que já não tinha nem irmãos nem amigos vivos] era capaz de distinguir com uma facilidade notável as emoções contidas nos rostos de quem ele não reconhecia; e de reconhecer sua própria voz gravada, assim como a voz de Jaime ao telefone.

Presencialmente, porém, nada.

Seu processo de demência era descontínuo.

Quando desperto e em estado de alerta, ele tinha consciência do que conhecia e do que não conhecia.

"Ironia do destino meu pai estar agora incapacitado de me reconhecer visualmente", Jaime comentou comigo. "Ele, que nunca prestou atenção em mim, que sempre se recusou a me enxergar como sou – diferente dele tanto na visão de mundo quanto no temperamento e na cor escura da minha pele (ele é 'moreno') –; ele, que sempre negou que me evitava e jamais cedeu um minuto de sua vida para me ouvir, agora só pode me ouvir. E o que dizer a ele? Nada."

E me toquei para a última vez em que eu havia visto o Jaime.

Fazia um calor absurdo.

Ele estava tomando vinho tinto e soltou esta: "O *outsider* vê mais fundo que a maioria, Hugo. Vê mais fundo, e demais, e por isso não pode viver em um mundo protegido e confortável, aceitando como realidade apenas o que existe".

Das linhas da estrada rumo às Catskills afloravam hipóteses: o verdadeiro protagonista de *A língua é minha pátria*, eu pensava ao volante comigo mesmo, é ninguém menos que O-Jaime-À-Procura-de-Si-Mesmo. Não me sai da cabeça que o que ele realmente fez foi tentar encaixar os imigrantes lusófonos em sua história pessoal, não o contrário.

*

E já fazia tempo que eu estava na NY-17B, rodovia estadual de mão dupla. Os *hippies* a congestionaram em agosto de 1969. Cinco minutos me separavam do local do mítico concerto. Virei à direita na Hurd Road. A conexão com o lugar foi imediata, algo indescritível [não por causa da minha dificuldade de criar imagens com palavras, mas porque as palavras não dão conta do que senti].

Uma das minhas maiores motivações naquela viagem, aliás, era inspirar aquele oxigênio sagrado.

Parei o carro em frente à placa de Woodstock.

Fiz fotos minhas com o celular e o vale ao fundo.

Construíram um centro cultural – o Bethel Woods Center for the Arts – do outro lado da Hurd Road, com um museu interativo e um anfiteatro reproduzindo a geografia da época: o palco na parte baixa da campina; o gramado colina acima, para a plateia.

Um vento gelado soprou o meu cansaço acumulado em dez horas de voo e sete de espera e traslados.

"Você pode ser outro se afirmar-se outro", eu me dizia.

Basta se afirmar, então?

Desejei que aquele momento sublime nunca terminasse, mas Jaime me esperava.

Peguei de novo a NY-17B. Faltavam vinte quilômetros, segundo o GPS.

Ao fim de uma curva fechada, avistei um sinal de advertência sobre o risco de cervos cruzarem a pista.

Atravessei um maravilhoso túnel de carvalhos frondosos.

Copas entrelaçadas.

Já em Callicoon, peguei a estradinha de acesso à casa-chácara de Mário Malta.

Era mais ou menos meio-dia quando desliguei o motor.

A casa era branca, de madeira, próxima a um enorme rancho vizinho cor de ferrugem à beira de uma lagoa com uns marrecos de penugem escura furta-cor.

Um terreno de mil metros quadrados, mais ou menos.

Havia uma picape prata com pneus dentados estacionada na frente.

Impossível viver ali sem automóvel, ele me havia dito: "Onde quer que esteja o corpo do indivíduo, seu carro estará sempre por perto".

O silêncio era absoluto, e o frio, penetrante.

O Jaime que veio me abraçar efusivamente, como nunca havia feito; era gordo, bem gordo [mas não obeso]. Usava calça *jeans*, camisa de flanela xadrez vermelha e preta com uma camiseta branca por baixo, e sapatos robustos. Raspara a cabeça com navalha. Imediatamente, me veio a imagem daqueles toscos habitantes de zonas ermas, de sabedorias sutis e ignorâncias entranhadas.

Um cão – um *border collie* branco e marrom, para ser exato – farejou ao redor das minhas botas. Seus latidos ressonantes não eram de satisfação e amizade.

"Dá um tempo, Byron!", Jaime gritou com a voz meio rouca. "Bem-vindo, Hugo, que bom que veio", repetiu, animado. Prontificou-se a me mostrar a casa – pequena e velha para os padrões locais, mas com uma configuração aconchegante.

A sala de estar, bem organizada e clara, tinha duas poltronas cobertas com capa, um sofá velho, uma estante com mais miniaturas que livros, abajures discretos nos cantos e um pequeno tabuleiro de xadrez em madeira (a posição das peças insinuava uma partida inacabada) em cima da mesa de centro. As paredes cor de papel pólen não tinham muitos enfeites, exceto três reproduções do Museu Guggenheim de pinturas rupestres estilizadas.

Uma das faces da sala era toda envidraçada. Uma porta de correr dava acesso a um *deck*, de onde pude avistar um lago, que, segundo Jaime, fica repleto de aves brancas no verão.

Do lado oposto à lareira, surgiu uma mulher abraçada a lenhas e gravetos: a guatemalteca [e roliça] Myrna Duero. Seus cabelos estavam embutidos numa boina azul de tricô que "ela não tira da cabeça nem quando transamos". Não entendi a brincadeira contida no comentário, supondo que fosse uma brincadeira.

Ela despejou as lascas na lareira, retirou as luvas, me estendeu a mão. Parecia perplexa com a minha presença, mas abriu um sorriso tão volumoso quanto seus seios.

"Uma jogadora de xadrez excepcional", Jaime acrescentou. "Ah, ela é surda oralizada, mas ouve graças à ciência. Nunca precisou usar a linguagem de sinais. Mas não é de muita conversa, não."

A moça fez sinal de licença.

Foi para a cozinha.

Sobre uma escrivaninha, repousava uma cópia da tese – idêntica, exceto pela sujeira do papel, àquela que eu havia retirado sorrateiramente da biblioteca da USB [e devolvido].

Examinei-a *en passant*.

"Você conhece esse texto melhor que eu, não é?", ele brincou.

*

E depois de almoçar um prato imenso de espaguete ao sugo e beber meia garrafa de vinho, pedi licença para ir descansar um pouco. Myrna, sempre seguida por Byron, me mostrou o quarto.

Havia uma cama de solteiro, um criado-mudo com abajur e uma cômoda com seis gavetas. A janela de guilhotina dava para a parte de trás da casa. No galho mais horizontal da única árvore fincada no terreno, pendia um pneu velho preso por uma corda.

O crepúsculo em seu auge.

A temperatura interna era de vinte e dois graus, contra três graus negativos do lado de fora.

A quietude da mata não me trouxe o sono rapidamente.

Uma confusão de informações novas me agitava por dentro.

As florestas aparentemente liquidadas pelo frio continuavam bem vivas.

Mas o tempo por si só não equacionara as perdas e as divisões internas de Jaime.

"Você pressupõe que ao martelar uma casca de noz ela irá se partir. E é exatamente isso que acontece quando você bate o martelo nela."

No plano emocional, porém, não é tão simples.

"Você encontra a explicação para um comportamento estranho seu e a sua realidade não muda, necessariamente."

De repente, a cama do quarto dele começou a ranger de maneira compassada e um rugido gutural se intrometeu nas minhas divagações.

Ele estava transando com Myrna.

Mas não era uma transa qualquer.

Havia uma ferocidade premeditada, proposital.

Era uma transa estrondosa, para que eu ouvisse; performática, para me deixar intrigado; e calculadamente intensa, para que eu não tivesse nenhuma dúvida de que em Callicoon ele tinha companhia e diversão.

Depois de um tempo de silêncio, Myrna abriu a porta do meu quarto cautelosamente e, pé ante pé, entrou. Enquanto ela buscava alguma coisa numa das gavetas da cômoda, pude olhá-la de relance: ela estava nua.

Seu atarracado corpo moreno, nada sensual para meu gosto, criava uma aura estranha na escuridão. Livres da boina azul de tricô, seus cabelos encaracolados pareciam eletrificados, formando roscas em todas as direções.

E sobreveio o aroma envolvente da erva.

A emanação teve efeito imediato em mim.

Adormeci.

Sonhei que estava no balanço. Jaime e Myrna me empurravam com força, ignorando meus gritos (sem chão, a vertigem era insuportável).

Acordei de madrugada, com dor de cabeça.

Jaime não tem internet nem TV em casa. [Opção aterrorizante.]

Foi quando me bateu a sensação de que eu era um intruso ali e talvez não devesse ter ido. Àquela altura, eu me incomodava também com o fato de serem sempre frágeis as minhas hipóteses sobre o modo de ser dele, que me acordou às oito da manhã perguntando se ainda estava de pé a proposta de acompanhá-lo nas entregas com a picape da loja.

E eu tinha que devolver o carro que aluguei no aeroporto de Newark. A taxa de devolução era abusiva, e a agência da Hertz mais próxima ficava a trinta e cinco quilômetros dali, em Liberty, cidade que abriga uma das filiais da Malta Comércio de Produtos para Fazendas e Sítios Ltda.

Eu não tinha grandes expectativas turísticas, devo dizer.

Só queria me esconder do Natal [pela primeira vez].

Passei a noite de 24 para 25 de dezembro no avião.

Na segunda, dia 26, então, tomamos o café da manhã, rapidamente. Jaime acariciou Byron, deu-lhe um apertado abraço de despedida e saímos: ele e Myrna na picape, eu no Ford Focus *hatch*.

*

Myrna levantou as portas da loja, um bosque de conhecimento sobre plantas e animais.

Desajeitado, tentei ajudar Jaime a carregar a picape com os produtos que os clientes haviam adquirido pela internet nos últimos dias: sementeiras, fertilizantes, sopradores de neve, sal para o derretimento de gelo, rações, aquecedores portáteis, pás, sistemas de iluminação artificial para estufas, vasos de gerânios, cíclames, poinsétias e cactos de natal.

"O trabalho aqui é físico, mas mantenho a mente ativa lendo o quanto posso", ele disse, "sobre tudo."

As entregas ocorriam num raio de cem quilômetros. Ele também era responsável pelas compras e pela movimentação de mercadorias entre a filial e a matriz, que ficava em Albany, a cento e sessenta quilômetros de Liberty.

Entrei na picape imaginando uma jornada exótica por espaços inusitados, e as paisagens realmente superaram minhas expectativas. Passamos por ranchos, celeiros, cabanas perdidas no espaço invernal, residências de luxo com iates à beira de lagos.

"Uma forte nevasca está prevista para amanhã", ele me alertou.

Entre um trajeto e outro, num momento de reflexão, revelou que ainda era acometido às vezes por reminiscências miúdas, raciocínios tortos e certa autocomiseração. "Mas quando mudamos de cenário o centro de gravidade muda também."

Perguntei se essa ideia contrariava a hipótese de *A língua é minha pátria* de que "os transplantados levam consigo, seja para onde forem, os sentimentos embutidos em suas experiências". Foi a deixa que ele precisava para falar de seu tema favorito: o *outsiderismo*.

"Quando a constatação de que você não é uma peça à toa no jogo social começa a te irritar, você se torna um *outsider*", disse, incluindo-se.

Conduzia a picape com serenidade e um impressionante senso de localização.

"Aquele período em Lisboa sem dúvida foi o meu movimento mais significativo. A partir dali, me tornei outro."

[Se você, tal como eu, já viveu uma vida insípida, absolutamente comum e à baixa pressão, pode considerar um *outsider* como um indivíduo esquisito que não merece grande atenção. Mas se está interessado em conhecer um ser humano com ideias ousadas e preocupado com "a natureza da vida", então qualquer resposta que um *outsider* lhe propuser deveria merecer a sua atenção, sim.]

Se não estivesse vendo com meus próprios olhos as mudanças na vida dele, eu não acreditaria. Entregara-se afetivamente a uma existência desprovida de expressão intelectual num lugar onde gansos migrantes repousam nos tetos das casas e garças azuis passam o verão inteiro pescando solitariamente; onde pântanos se confundem com lagos; onde carvalhos, cerejeiras e árvores de bordo nunca ignoram azulões, tentilhões e gaios-azuis; onde cervos, guaxinins e marmotas sobrevivem a tudo; onde a natureza pulsa em cada segundo em que nada acontece.

[Aquilo me ensinou que toda escolha tem um preço.]

E as ocupadas pessoas que todos os dias nas grandes cidades percorrem longas distâncias para ir trabalhar, lendo tabloides gratuitos, apegadas aos seus aparelhos de comunicação portáteis, mirando o vazio acopladas a seus fones de ouvido ou mesmo dirigindo automóveis cada vez menos móveis?

Mesmo tendo objetivos palpáveis, como um novo carro daqui a três anos, uma casa na praia daqui a cinco, ou uma viagem de férias o quanto antes, essas pessoas têm dúvidas sobre seus papéis no teatro da existência?

"Acho que elas trocam de roupa todos os dias, mas nunca trocam o conceito que têm de si mesmas, e por isso se deixam aprisionar facilmente. Uma vida sem opções não é uma vida, Hugo. É uma prisão. E isso vale para qualquer um. Eu também sou (ou estou sendo) prisioneiro de alguma coisa aqui, neste lugar. A diferença é que tenho consciência da minha prisão e estarei sempre atento à possibilidade de escapar dela."

Ele realmente acreditava que não só havia superado suas carências materiais e afetivas, como fizera o que todas as pessoas gostariam de fazer: deixar para trás a merda de vida que são obrigadas a viver, e da qual não conseguem se desfazer e por isso são o que são: "Sinceramente, não acredito que corro o risco de passar anos cavando um túnel que ao fim vai dar na cela vizinha".

E estacionou a picape em frente a uma residência pomposa de três pavimentos para entregar sacos de sal.

Os verdadeiros motivos para ele ter abandonado o pouco que possuía lá, *naquele país*, renunciando a todas as perspectivas, permaneciam incógnitos, assim como o porquê de ter imigrado de repente, sem avisar ninguém (somente meses depois foi que recebi um e-mail dele informando). Garantiu que sua atitude não teve nada a ver com desistência ou desadaptação: "Foi uma daquelas decisões que ou você assume na hora, ou pode esquecer".

Era evidente que estava me escondendo algo.

*

No dia seguinte, à noite, a região inteira já estava sob um espesso manto branco. Os flocos de neve cavalgavam as ondas do vento uivante. A picape desaparecera, assim como a estradinha de acesso.

Após o jantar, conversamos perto da lareira, sem a presença de Myrna ("ela só vem aqui de vez em quando"). Eu bebia cerveja e ele, o velho e bom tinto. Byron ficou conosco, mas quieto, com um osso falso na boca e a barriga sobre uma almofada.

Ouvíamos CDs que ele fazia questão de escolher, um a um, assim como as faixas. Passou por João Gilberto, Pat Metheny, Nina Simone, Marvin Gaye, Leny Andrade, Michel Petrucciani, Etta James, Mahler, Chick Corea, Nana Caymmi, Brahms... cada faixa possuía uma história e um clima [nostálgico].

Lá, *naquele país*, quando Lara já estava na fase terminal, no hospital, ele se encontrava semanalmente com uma garota de programa, Zilma. "Ela tinha uma serpente tatuada brotando no extremo norte do Grande Cânion que separava suas nádegas firmes, escalava a espinha, se enlaçava pelas espáduas, e, no topo, exibia uma língua ferina. Parecia uma moça selvagem, mas era doce, delicada."

Na última noite que passou com ela, teve um *insight*: "Assim que ela foi embora, coloquei um tranquilizante na língua, abri a torneira da pia, enchi a boca de água usando a mão como cuia. Cambaleei até o quarto. Tomei notas num caderno, digitei uma série de ideias no *laptop* e fui dormir. No dia seguinte, Malta me acionou no Skype para saber notícias de Lara. Mencionou por acaso que precisava de alguém para a filial de Liberty. Instantaneamente, me ofereci".

Mário achou que o amigo estava brincando. *O que é isto, Jaime? Ficou louco? Preciso apenas de um assistente para um trabalho que não exige lá muita inteligência.* Mas prometeu que ia pensar. Jaime sabia que Mário o ajudaria.

E tomou medidas para pôr em prática o plano.

Vendeu um carro popular e alguns móveis.

Negociou com o dono de um sebo seus mil e duzentos vinis.

Doou mais de dois mil livros para uma biblioteca volante.

Entregou os pertences de Lara à irmã dela.

Pediu demissão da Editora Dez.

Entremeava tudo com digressões muito bem articuladas, mas que às vezes me soavam artificiais: "O passado é a memória que temos; e a memória é o afeto que guardamos. Para abrir mão da sociedade urbana, abster-se de distrações, renunciar às ambições intelectuais, você tem de aprender a reorganizar o silêncio. Você tem de encarar o silêncio como uma riqueza facilmente multiplicável".

Mas sempre havia uma conclusão forte e lúcida no que dizia: "Eu era uma máquina em busca do amor alheio. Uma máquina de desejar. Agora sou tudo, menos uma máquina".

E como é que um homem com um brilho verbal notável (escrito ou oral) podia não se dar conta de seu próprio talento, preferindo ser um trabalhador braçal a um acadêmico-referência?

Aquele fim de mundo maravilhosamente branco era um enclave reacionário, além de tudo, o que contrariava seus preceitos. Um líder local do Tea Party, que superava em conservadorismo os conservadores, dissera ao jornal daquele dia: "Não somos um partido político, nem somos radicais de direita. Somos vizinhos. Seus vizinhos. Vizinhos trabalhando por nossa independência histórica, antes que nos imponham um débito perpétuo".

Jaime odeia-os do fundo do coração: "Racistas, xenófobos, beligerantes. Defendem uma moral individualista calcada nas 'Leis do Senhor' e no 'Senhor Dinheiro'. Para você ter uma ideia, eles perseguem animais nas florestas com rifles nas mãos pelo simples prazer de vê-los desabar após um tiro estrondoso. Na natureza, não há nenhuma escuridão tão escura quanto a escuridão dessa gente. São criaturas nacionalistas e provincianas no pior sentido, mas que se acham puras".

*

Na manhã seguinte, perdemos mais de uma hora removendo uma tonelada de neve que travava a porta, outra tonelada que empacotou a picape e as mil toneladas acumuladas na trilha de saída para a estrada municipal.

O frio era úmido, e o céu, pesado como chumbo. Até minha coriza se solidificou. Segurei o palito de secreção congelada ciente de que eu não sobreviveria sozinho naquele lugar por mais de uma semana no inverno.

Depois de uma intensa atividade física com pás e pés-de-cabra, transpirávamos caudalosamente sob as várias camadas de roupas de algodão, de lã e de náilon; e, mesmo tendo usado luvas, feri as mãos.

Janet, gerente da loja, ligou no celular de Jaime para dizer que as entregas previstas para o turno da manhã haviam sido canceladas por causa dos alertas de mau tempo (mais neve cairia à tarde).

Se esse "mais" significava mais do que eu estava testemunhando, então seríamos soterrados, pensei.

[A niveladora da prefeitura deixara trafegável o acesso a Liberty, mas as condições gerais eram complexas demais para a minha cabeça.]

Jaime não abriu mão de levar Byron ao veterinário. O cão tinha um caroço horrível no lombo traseiro. A consulta já havia sido adiada várias vezes.

"Fique tranquilo. Essa geleira é normal. Ano passado sofri nessa época, mas aprendi a lidar. Deixe comigo", ele tentava me tranquilizar.

Byron, na parte de trás, enfiou a cabeça entre os assentos e recebeu um carinho oblíquo do dono no focinho. O afeto de Jaime por aquele cão era tocante. [Lara o conectou aos animais, anos antes. Os três gatos do casal ficaram com a irmã dela.]

"Depois da consulta, a gente leva o Byron de volta. Depois, almoçamos no restaurante Mathews on Main, na rua principal de Callicoon. Lá tem carne, peixe e uns pratos vegetarianos também."

A neve alterava o meu humor, não o dele. O que pinicava as células mais escondidas de seu corpo era o fato de estar contente, livre, solto no mundo – um mundo imenso e aberto –; e o fato de se locomover sem temores o deixava seguro de si, alerta, dono dos espaços.

"Estou filosoficamente seguro de que tudo leva a lugar nenhum. Até porque se você chega a algum lugar você põe fim a um trajeto, e isso pode te fazer muito mal", refletiu com otimismo. "Passo dezenas de vezes em frente a este lago, por exemplo", disse, apontando para o Lago Jefferson, nevado, "mas nunca deixo de observar sua concepção natural."

A consulta de Byron foi rápida. O caroço, segundo a veterinária, não passava de um cisto sebáceo. Precisava ser removido, mas não com urgência.

Do lado de fora, nos demos conta de que começara a nevar de novo, desta vez com uma constância metodicamente desordenada.

Falávamos mais dentro da picape do que quando estávamos em casa. Os assuntos eram fragmentários e muitas vezes incongruentes.

Sem desligar o motor, ele parou em frente ao que parecia ser um parque submerso na neve.

"Posso ter me atrapalhado com o conceito de autoria do Geertz,* talvez, mas o fato é que eu era um caipira brincando com o umbigo da elite universitária do país. Você sabe, tudo é mais complexo quando você é pobre e não sabe ao certo de onde veio. E quando a gente quer muito uma coisa, a gente se desrespeita. Qualquer plano B ou C implicava desfigurar a *minha* tese. Não havia meios-termos: era expulsão ou reprovação."

---

* Clifford Geertz, antropólogo americano (1926-2006).

O ataque de ansiedade generalizada à véspera o impediu de comparecer à defesa, mas quanto a desistir da carreira acadêmica "para sempre", isso ele não havia respondido nem para si mesmo, e confesso que eu duvidava de que ele fosse capaz de responder naquele dia. Esforçava-se para me fazer crer que a emoção, a paixão e a vocação que ele sentira durante o trabalho de campo em Lisboa haviam se esgotado.

[E o que haveria de verdadeiro nessa justificativa dele?]

Dois anos antes, quando decidiu expatriar-se, não éramos exatamente próximos.

[Na verdade, ninguém além de Lara pôde conhecer a fundo os *Jaimes* anteriores ao Jaime de Callicoon.]

E ali, na picape, enquanto a neve se entranhava em cada fresta do exterior, ele parecia querer olhar para seu passado de outra maneira, como se tentasse imaginar quem ele de fato foi, ou como se tentasse recriar a pessoa que ele acreditava ter sido.

Essa atitude inesperada ampliava a minha intuição de que estávamos perto de tanger o essencial a respeito de seus cinquenta e quatro anos recém-completados. Mas Byron se levantou, espirrou escandalosamente e passou a latir com muita impaciência, interrompendo a nossa interlocução.

"Ele deve estar com fome, esse guloso. *Ok*, garoto, *ok*. Já vamos. Estamos indo para casa, *ok*?", ele disse cobrindo os olhos do *collie* com a palma da mão, carinhosamente.

A situação havia piorado bastante enquanto estivemos estacionados. Mesmo com o aquecedor funcionando, o interior da picape esfriara muito.

"Amanhã será perigoso sair de casa", ele disse, olhando pela janela. "Agora é melhor voltarmos a Jeffersonville. Tem um bom supermercado lá para a gente se abastecer."

Estávamos em frente ao Stone Arch Bridge Historical Park, a uns quatro quilômetros de Jeffersonville.

Ele moveu a picape com cuidado, com todas as luzes ligadas, e, ao contornar, desenhou no chão fofo um U bem aberto.

A visibilidade era tão glacial quanto temerária.

Todas as referências naturais pelo caminho estavam brancas e a sinalização vinha sendo mais e mais ocultada por uma densa névoa.

Tive dificuldade de disfarçar meu medo.

Agarrei-me à poltrona como faria na cadeira de um dentista [que odeio].

No entanto, ele, a uma velocidade de não mais que quarenta quilômetros por hora, dirigia por trilhas imaginárias com clarividência e cautela admiráveis.

O celular dele tocou.

E foi provavelmente no exato instante em que ele tirou os olhos da pista para apanhar o aparelho no console que numa curva um cervo invadiu a estrada pela nossa direita e o meu horror de que pudéssemos atingi-lo desorientou Jaime, que pisou no freio com força, golpeando o volante para a esquerda.

A picape rodopiou como uma folha de papel ao vento. Dois, três, quatro giros aleatórios. Patinou até parar por inércia, fora da estrada, com o capô voltado para o sentido oposto ao de Jeffersonville.

O incidente foi tão estarrecedor que minutos depois nossa respiração ainda continuava embargada. Demoramos a nos dar conta de que Myrna estava no viva-voz do celular de Jaime dizendo alô, alô, alô...

Byron soltou um gemido lento e monótono antes de latir com força, como se dissesse "ei, vocês dois, atendam essa merda".

Jaime apanhou o aparelho, tirou-o do viva-voz.

"Oi, Myrna. Não, nada. Deixei o celular cair, desculpe. Sim, está tudo bem, sim."

Agradeceu-a por ter avisado que não haveria expediente na loja aquela tarde. Mas não mencionou o acidente.

Quando me movi no assento, senti uma pontada na base da espinha, o que me deixou preocupado [tenho hérnia de disco na quinta vértebra lombar – L5-S1].

Não comentei nada sobre isso com Jaime, que insistia em usar sua sofisticação verbal para me provar que a culpa pelo que nos aconteceu era dele, não minha.

Abri a janela.

Olhei lá para baixo, até onde era possível. Certamente não teria sobrado nada de nós três se tivéssemos rolado garganta abaixo. Afoito, ele religou o motor.

As circunstâncias haviam atingido um sério ponto de descontrole.

Na primeira tentativa de arrancada, ele finalmente admitiu que estávamos atolados. Havia pás na picape que deveriam ser entregues a algum cliente da loja. Cada um pegou uma. E começamos a cavar. Mesmo eu não podendo contribuir muito (tinha medo de torcer a coluna), removemos cerca de quarenta centímetros de gelo no lado direito da picape, o lado que ficou dentro da estrada, na contramão. No outro, cavamos bem menos, até porque precisávamos corrigir a inclinação.

O frio era insano.

Ele espalhou sal debaixo dos pneus também. Acelerou suavemente, movendo o volante de um lado a outro para espalhar a coisa branca para os lados e facilitar a tração. Pelo menos eliminamos o risco de a picape escorregar pelo desfiladeiro, pensei. Corrigir a rota já não foi assim tão fácil. A picape parecia boiar.

E Byron latindo, latindo, indócil.

Ocorreu-me que ter ido parar naquele cenário desolador fora uma decisão totalmente errada, minha, pela qual eu não me perdoava.

"Ah, que merda, onde há neve, há gelo por baixo", ele se lamentava, fungando.

Sua voz passara por uma transformação, adquirindo um timbre rouco e uma maneira de falar que lembrava a daqueles gângsteres de cinema. Naquele instante, as coisas da vida dele – as pessoas, as relações, os *ondes* e os *comos* – se tornaram inteiramente estranhos para mim, como se ele fosse um desconhecido.

Esse *feeling* se intensificava na mesma medida que seu mutismo. Desde que redirecionou a picape rumo a Jeffersonville, ele não pronunciou uma palavra sequer.

E eu, com a coluna ereta e bem apoiada na região lombar, lutava para não antecipar nem alimentar a minha dor. Eu passara vinte e oito anos esperando por um momento de mudança – e tudo para constatar, por fim, que estava perdido no mundo como um floco de neve flutuante qualquer?

Compramos o que foi possível. Bebidas, comida em conserva, massas, peixes congelados, molhos, frutas, pães, queijos, pasta de dente...

Em casa, sãos e salvos, alimentamos Byron com ração. Antes, porém, usamos um bumerangue para incentivá-lo a gastar no campo de gelo um pouco de sua energia inesgotável.

E improvisamos um almoço mais do que necessário àquela altura, mas nada convidativo: feijão em lata (terrivelmente adocicado) e arroz pré-cozido; e milho, ervilha, cenoura e brócolis que descongelamos e refogamos numa frigideira quente antes de despejar nela um vidro de molho de tomate italiano.

Eu sempre soube que ele não era do tipo cuidador, que protege e ampara com ações e intenções. Passei a vê-lo como uma espécie de autista que cultiva uma fé muito específica no próprio individualismo.

*

Achei-me perdido o resto da tarde na sala folheando revistas de jardinagem e ouvindo rádio. Ainda sentia um pouco de dor na lombar, mas o que realmente me incomodava era uma inquietação interior, algo parecido com estar faminto sem a perspectiva de poder comer tão cedo.

[Claro que não estava com fome. Era outra coisa.]

Jaime resolvia com Myrna ao telefone assuntos que certamente diziam respeito ao funcionamento da loja de Liberty.

Às cinco da tarde, já estava escuro e a casa, soterrada.

Foi quando notei na parede uma foto 20 x 30 cm em preto e branco de Lara. A imagem não estava pendurada ali pela manhã, quando saímos, tenho certeza. Lara se projeta sorridentemente na estradinha asfaltada e estreita que passa em frente à casa. Está acompanhada de Byron, cuja coleira ela segura com dificuldade.

A paisagem é do mesmo lugar em que eu estava, mas parecia outro mundo: árvores verdes como nunca, vasos de flores coloridas desenhando o caminho de entrada até o *deck*, o lago repleto de marrecos de penugem furta-cor a refletir uma inusitada e linda luz lilás ao fundo.

No ano em que o advogado trabalhista creditou o valor indenizatório de Jaime, Lara realizou exames de controle e foram encontradas metástases em seu pescoço – exatamente como havia ocorrido com Rosa, a outra paciente do dr. Wilson.

A partir dali, não mais havia um tratamento possível. O câncer se espalhara impiedosamente pelo pulmão. Vê-la sofrer foi devastador para Jaime, que a amava como jamais amou alguém na vida. Por mais de dez anos, os dois viveram num planeta próprio. Passavam quantidades sobre-humanas ("e esplêndidas") de tempo a sós. Viviam tão absorvidos um pelo outro que durante um bom tempo só tinham exatamente um amigo: eu. Quando uma vez perguntei a Lara como era a vida social deles, ela me respondeu que não tinham vida social alguma.

"A gente era tão consciente da nossa saudável relação que evitávamos falar dela com outras pessoas, para não criar invejas. Não conheço nenhuma pessoa próxima que tenha ficado tanto tempo com um companheiro ou companheira, e de um jeito que fazia um bem inestimável um para o outro", Lara me disse.

No entanto, quase sempre Lara estava cuidando de alguma outra pessoa ao mesmo tempo – o filho da faxineira que não conseguia passar de ano, um colega atravessando uma fase ruim, uma tia incapaz de vencer a burocracia pública para ter acesso a medicamentos gratuitos...

Ela ajudava qualquer pessoa que amasse, ou de quem gostasse, ou conhecesse, ou conhecesse alguém que conhecesse, ou mesmo gente que nunca havia visto antes. E acreditava no princípio da suficiência. Lara defendia uma lei que impusesse um teto para o que as pessoas podiam possuir – um teto generoso demais, talvez, mas ainda assim limitante. Esse assunto costumava virar tema de discussões quando estávamos os três juntos, e ela sempre lamentava a minha "visão de mundo patrimonialista".

Para ela, o ideal de justiça era uma questão de renúncia [individual e coletiva]. E não gostava de clubes ou quaisquer instituições que de alguma forma excluíssem pessoas; e odiava qualquer forma imaginável de competição oficial ou não oficial, como futebol, xadrez, tênis, videogame, pôquer *on-line*, enfim, odiava toda e qualquer forma de jogo ou disputa.

"Nunca joguei um jogo na vida", orgulhava-se. "As competições exprimem a divisão do mundo entre quem vence e quem perde."

Uma das coisas que Jaime mais comentou depois que ela entrou em coma foi que não viajaram tanto quanto gostariam. Viajar e comprar roupas e sapatos eram algumas das maiores empolgações dela.

[Quando o jornal ordinário nos demitiu por telegrama, os dois estavam devendo dois meses de aluguel. Sete anos depois, Jaime recebeu trezentos mil reais líquidos, quantia insuficiente para comprar um imóvel em um bairro decente atendido por metrô.]

"A gente odeia prestação. Não compramos nada a prestação", repetiam em uníssono.

Vários fatores, alguns sem nenhuma conexão direta com finanças ou superfluidades, justificavam as diferenças entre Lara e Jaime no que se refere a dinheiro. A excessiva preocupação de Jaime com o assunto dava a Lara uma sensação de segurança.

"A maioria das discussões entre casais acontece por causa de dinheiro. Mas também a maioria das discussões sobre dinheiro entre casais são na verdade sobre outras coisas, às vezes coisas sem qualquer ligação com o próprio casal", ela comentou comigo certa vez.

A doença reapareceu na época em que ele apresentou o plano de mudança.

Lara possuía raízes.

Duvido que ela se mudasse para Callicoon, este *freezer*.

Não me lembro do que o dr. Wilson disse após a última das três cirurgias (ocorridas entre 2008 e 2009), que consumiram boa parte da indenização. Confesso que, diante do esmorecimento de Lara, passei a me preocupar mais com o Jaime.

Ele ficou atarantado.

Parou de se vender como "o indestrutível".

Lembro-me dele perguntando ao dr. Wilson qual era o prognóstico. A resposta foi algo como "quinze por cento de chance". E nós nos entreolhamos, interrogativos, como se o médico tivesse esquecido ou pulado por engano alguma parcela importante daquela declaração ainda mais sinistra que as anteriores.

Chance de quê?

E finalmente entendemos que havia uma chance de quinze por cento de Lara estar viva até o final de 2009 (e já estávamos então em agosto daquele ano quando o dr. Wilson nos explicou isso).

A fama de otimista incorrigível, quase boba, fazia jus a Lara. Ela ouvia com atenção qualquer um que lhe falasse de terapias cinesiológicas, eletromagnéticas, ventosas etc.; ou que lhe recomendassem "rejuvenescer o organismo" com técnicas de relaxamento, meditação, hipnose e respiração profunda.

Jaime certa vez a viu chorando após uma discussão com alguém que usara com desprezo a expressão "medicina convencional".

Com o avanço do câncer, muitas pessoas do círculo dela passaram a enxergá-la como coitada. Exceto Jaime. Mesmo agindo às vezes de modo intempestivo, mesmo ele se perdendo às vezes em autoflagelações e rancores contra as incoerências do mundo, ou talvez exatamente por um conflito entre força e fraqueza, ele compreendia a banalidade, a trivialidade do que estava acontecendo com ela. E não posso me esquecer do indiscutível: ela lutou por cada sorvo de ar com a mesma fecundidade com que elevara a vida à sua máxima potência.

"Lutar contra o fim – até o fim – é uma opção sensata", me lembro do dr. Wilson dizendo.

E essa premissa por acaso vale para quando se está frente a frente com uma sentença de morte?

Jaime redefinia diariamente seus conceitos pessoais de luta e vontade, acreditando que ele, não as medicinas ou um Deus, salvaria Lara. Tanto que ele incitava o dr. Wilson a tentar o que fosse possível, custasse o que custasse, e alardeava suas crenças de modo fanático.

[Era outro Jaime, de novo.]

Os últimos tratamentos foram os mais agressivos, alguns deles com efeitos colaterais repugnantes. Os métodos considerados experimentais, então, além de ineficazes, custaram fortunas.

Acredito que Lara morreu antes do previsto por causa do tratamento. A radiação no pescoço destruíra o pulmão dela, e, por causa da insuficiência respiratória, induziram-na ao coma, com respiração artificial.

A palavra negação, tão inconsequente, tão carregada de infinitas ambiguidades, não se aplicava à guerra que Jaime comandou contra adversários de dimensões imensuráveis e poderes desconhecidos.

O que ele negava, na verdade, não era o câncer em si, mas o prenúncio de morte.

Horas antes do óbito, ele ainda se mostrava confiante. No entanto, as esperanças já tinham partido.

*

Algo muito estranho estava acontecendo comigo naqueles primeiros dias em Callicoon. Meu sono ficou alterado. As poucas horas dormidas eram picotadas por pesadelos monotemáticos, nos quais eu sempre precisava obter informações importantes para tomar uma decisão; mas faltava energia elétrica, o que me deixava irascível.

Meus dedos teclavam o ar, involuntariamente.

E na manhã do dia 29, acordei de um susto.

Nem o chato do Byron estava em casa.

Jaime grudara um recado na geladeira: "Tenho duas entregas impreteríveis. Volto no início da noite. PS: As previsões do tempo estão mais favoráveis ao trânsito".

E a cópia de *A língua é minha pátria* em formato A4 que vi na escrivaninha da sala no primeiro dia estava agora na cozinha, próxima à cesta de pães.

Dentro, havia uma folha solta, escrita à mão: "Eu precisava construir uma individualidade sólida, em que o coração, o cérebro, os ossos, os músculos, o sangue, enfim, em que todo o meu ser fosse indestrutível; e a cada nova fase de renovação existencial eu gerava um novo Jaime. Novo e suficientemente forte para apagar o Jaime anterior. O corpo resistiu a essa operação destrutiva, mas os sentimentos me contradisseram".

Lá fora, o branco e o azul se refletiam mutuamente, num espetacular jogo de espelhos, mas, infelizmente, isso não atenuava as limitações impostas pelas nevascas, e tampouco minhas tremedeiras. E naquele instante me bateu uma certeza inexplicável de que eu devia partir o quanto antes.

Durante o café da manhã, então, liguei para a companhia aérea, sem clareza sobre o que eu queria fazer. As alterações eram possíveis, mas os custos da transação, por conta da urgência e do período natalino, eram elevados.

Desliguei o telefone.

Em momento algum Jaime havia me perguntado quanto tempo eu pretendia ficar. Para todos os efeitos, cheguei à casa dele com o voo de volta marcado para a noite de 1º de janeiro.

Se ele não sabia disso, não era culpa minha.

Então, bastaria eu comunicar que estava de partida, sem dar detalhes?

Seria o caso de antecipar a aceitação do convite feito por um amigo e uma amiga dos tempos de faculdade para passar férias com eles no apartamento que os pais ricos (dela) haviam alugado em Miami?

Naquele momento, achei que ter ido ver com meus próprios olhos a vida [insípida] que Jaime decidira levar foi uma idiotice e que dando o fora dali o mais rápido possível eu evitaria que minha admiração por ele caísse a níveis alarmantes.

[Não desconsidero o fato de que eu estava meio descontrolado. Sentia fortes dores de cabeça e uma impaciência absoluta com as lentidões dele, que me soavam premeditadas, *fake*. Vazando inquietação por todos os poros, eu me perguntava como ele conseguia sobreviver sem internet e sem TV ali, naquele fim de mundo.]

E no verso da folha solta estava escrito em garranchos que "em tempos de subserviência à técnica, precisamos estar cientes de que a esperança é parte do DNA humano; e não deveríamos confundi-la com otimismo ou autoajuda".

A simples hipótese de que ele estivesse me enredando em enigmas indecifráveis sobre episódios certamente mal contados me incomodava bastante.

[E eu queria que ele fosse o meu *case* para uma monografia sobre desadaptação/sociofobia – sim, eu pretendia cursar uma pós-graduação *lato sensu* em psicologia. *Pretendia*, sublinhe-se.]

Mas, nos raros momentos em que eu me armava de coragem para tocar nesse assunto, ele evadia, o que me irritava também.

E como se não bastasse, ali, naquele *freezer* total, suas filosofias soavam vagas e maçantes. Quando o conheci, ele tinha consistência. Agora, além de misturar ideias totalmente desconexas [e nunca conectá-las], carregava nas tintas sobre a "nova geração [a minha], mais interessada em objetos do que em ideias", ao que sempre acrescentava "bom que você seja uma exceção", tentando atenuar os possíveis impactos em mim de seus comentários.

A perda de Lara foi um marco destrutivo: ela era uma presença forte. Tirava-o do vazio; furava com um alfinete as bolhas de insegurança que o impediam de renovar suas ambições; despertava-o para a doação, tornando-o, assim, mais apto a lidar com sentimentos; e não permitia que ele decaísse vertiginosamente ao primeiro sinal de adversidade.

Os esforços dela no sentido de "depurá-lo" chocavam-se com o fato de ele acreditar que, em vez de mentores reais em quem pudesse se inspirar, tivera somente "contra-modelos": pais e parentes toscos; homens públicos vazios; professores mal formados; colegas filisteus; amigos passivos.

Ídolos?

Nem pensar.

Admirava uns poucos artistas e intelectuais, mas nunca se debruçou sobre a obra completa de quem quer que seja.

E desenvolveu um senso de privacidade radical: ele não apenas mantinha sua vida pessoal longe dos outros como também mantinha a vida pessoal dos outros bem longe da dele; e era capaz de soltar máximas como "missões aprisionam", mas não de expressar amor [pelo menos não de uma maneira apreensível].

Cresceu e se educou em ambientes pragmáticos, e, assim como seu amigo-personagem-imigrante Wander, vinha tentando fugir disso desde que se entendia por gente.

*

Eu vinha controlando o quanto podia o impulso de vasculhar os guardados dele em busca de informações privadas (aquelas parcelas da vida que ficam sem registro ou não são verbalizadas), mas não resisti. Tampouco encontrei algo biograficamente valioso.

Por pura falta de um rumo, de repente resolvi usar o banheiro da suíte dele, em vez do social. A noite já havia engolido o Hemisfério Norte, cedo, como nos dias anteriores.

Urinava com a mente divagando em infinitos brancos, telas repletas de informações e *games*.

Olhei através da janela: o balanço de pneu não estava mais lá?

Minha atenção em seguida foi magnetizada para um caderno azul-celeste do tamanho de um livro de bolso, atravessado num porta-revistas atrás do vaso sanitário. Apressei a bexiga, balancei-o, abotoei o *jeans*, dei descarga, fechei a tampa, ansioso.

Agachado, me estiquei para alcançar o caderno.

Ao girar o corpo para me reerguer, porém, senti uma fincada na quinta vértebra, uma estocada cruel.

Caí para trás.

As pernas ficaram do lado de dentro do banheiro e o tórax de fora, já no quarto dele. Qualquer tentativa de me mexer, por mais calculada e suave, resultava em dores absurdas.

Havia uma quietude profunda na casa, como "o silêncio uno e indivisível de uma catedral vazia". Sombras de outros mundos começaram a se derramar nas penumbras.

Procurei me concentrar na minha respiração e no bilhete dele na geladeira: "Volto no início da noite".

Estendi o braço para tocar o caderno com as pontas dos dedos, que deslizaram. A capa sólida e lisa dificultava puxá-lo para mais perto.

Até que consegui içá-lo.

As primeiras páginas eram um amontoado de notas sobre o vaivém dos relacionamentos.

Reflexões vazias.

Mas as linhas sobre introversão [eu as li como sendo sobre introversão] me disseram muito.

"Pode parecer que estou sendo outro, mas o fato é que tudo o que eu pensava que sabia a meu respeito não existe mais; e o interessante é que nunca fui tão eu mesmo como estou sendo agora; e mesmo ciente de que não dá para espremer uma vida inteira em um par de anos, me fica a impressão de que esperei cerca de vinte mil dias só para chegar até aqui. Esse atual presente é o que pude construir de melhor. Sinceramente, quando fico comigo mesmo me sinto ainda menos sozinho. A solidão real não tem nada a ver com a eventual falta de alguém para conversar, se divertir, discutir, amar, odiar, passar o tempo, enfim. Solidão *mesmo* [grifo dele] é não ter com quem contar. Não é o meu caso, de forma alguma. O problema é quando não posso evitar a presença de quem me faz lembrar de minhas fraquezas ou de quem me cobra cordialidade: aí, definho."

O medo do que poderia me acontecer dali a pouco – eu estava inapelavelmente travado, imobilizado e segurando um objeto alheio – não me impedia de avançar na leitura. Nem mesmo a posição difícil de sustentar (de barriga para cima) me fez mudar de ideia. Eu passava aquelas páginas escritas com uma caligrafia insegura, e que pareciam endereçadas a mim, como se conhecesse de antemão os apontamentos.

"Amigos: as coisas boas dos velhos tempos com relação aos amigos, embora deixem rastros pelo caminho, vão ficando meio rançosas com a repetição. A familiaridade constante, aliás, é a causa das fricções, que desgastam até a alma. Fulano é simpático, mas odeia trabalhar. Beltrano é afetuoso, mas não honra compromissos. Começam as críticas às roupas, aos modos, às noções e opiniões (quando há). Irritações vão se acumulando. Agressões eclodem por nada. Você até fica conhecendo pessoas sensatas, mas prefere não lhes apresentar aquele seu amigo hoje arrogante e com um mau hálito insuportável. Ao longo da vida, descartamos tanto quanto somos descartados. Escolhemos os convivas tanto quanto somos escolhidos. Então, entre a condenação por ser original e a absolvição por ser complacente, fico com a solidão acompanhada."

Num clarão, os faróis da picape invadiram a casa.

Meu coração disparou.

O motor corrompeu a tranquilidade num crescendo até apagar-se.

Perdi o tino.

Portas se abriram, bateram.

Byron latiu, correu.

Dava para ouvir o tilintar da coleira.

Eu não conseguia [ou não tinha como] saber o que fazer: esconder o caderno? De que maneira?

A maçaneta da porta da sala girou.

A angústia só agravava a compressão na quinta vértebra. Merda, por que não me tratei decentemente antes de ir visitá-lo?

Byron atravessou a casa loucamente, certo de que eu estava onde eu não deveria estar.

Lambeu-me o rosto com aquela teimosia tão sua, e era impossível escapar de suas carências, para meu desespero.

Da cozinha, Jaime falou meu nome em meio ao farfalhar de sacolas plásticas.

"Desta vez comprei comida decente!", ele gritou.

Arremessei o caderno de volta no porta-revistas.

A L5-S1 estalou de novo, mas agora de um modo excruciante.

Só me lembro de ter emitido um gemido gutural, sinistro, e de acordar totalmente zonzo dentro de uma ambulância em movimento.

Eu tinha os pés, os punhos, os quadris, o pescoço e a testa atados a uma prancha de madeira.

Jaime, Myrna e o socorrista conversavam animadamente. O socorrista, fluente em espanhol, disse que eu parecia o Hannibal Lecter de *O silêncio dos inocentes*. E deu uma gargalhada débil.

[Não sei se foi na ambulância ou já no hospital, mas houve um sonho em que eu, Myrna e um homem que não faço ideia de quem era empurrávamos o Jaime no balanço de pneu. Como num jogral, declamávamos frases encadeadas, porém desconexas, como "Partir é fácil, difícil é voltar para onde você nunca esteve", "A vida escapa pelos dedos como areia", "Acreditar que não se viveu satisfatoriamente é pior do que morrer". E Jaime se divertia dizendo *"yes, yes, yes"*... E eu gritando: "Dá um *reset* no roteador!".]

Fui atendido num hospital meia-boca na Rota 97, a cinco quilômetros de Callicoon.

[Ah, essas conversões de distâncias em milhas para quilômetros estão me cansando!]

A radiografia não revelou nenhuma novidade sobre a minha hérnia de disco. Analgésicos potentes – e caríssimos, três dólares cada comprimido – me relaxaram. Em duas ou três horas, pude sair de lá caminhando – me arrastando, na verdade. Dopado, dormi como um bebê (pela primeira vez em Callicoon).

*

E para que eu não ficasse sozinho na casa, e muito menos sentado na picape rodando por estradas escorregadias, Jaime me deixou na loja, onde pude conectar meu MacBook.

Que alívio!

Vadiei pelo mundo o dia inteiro.

Postei imagens, curti páginas e *posts*, pesquisei produtos e serviços, esponjei tudo sobre o Bethel Center [o museu sobre Woodstock abria mesmo no dia 31 de dezembro, o que era ótimo].

Além de Myrna, trabalhavam lá três ajudantes gerais hispânicos e a gerente Janet Holmes, uma perua baixinha *mignon*.

O cheiro de incenso no escritório dela era enjoativo. E devia haver mais restos de *junk food* sobre a mesa do que em seu estômago de criança.

Ela puxou conversa, mas não permiti que perdesse seu precioso tempo comigo.

[É fácil se livrar de americanos. Nenhum papo com eles avança. Mesmo os mais tagarelas não têm assunto.]

Não saí nem para almoçar.

Os tais comprimidos relaxaram a lombar, a mente, a tensão, o apetite, tudo.

Mas durante as horas em que estive on-line, uma renovadora sensação de bem-estar tomou conta de mim, como se [finalmente] eu estivesse tendo de volta a minha vida como ela é – ou como acho que ela deve ser.

Eu escolhi ser *webdesigner* autodidata.

Não ganho mais que um psicólogo clínico, mas trabalho em casa, eis a questão.

Faço tudo pela internet, mas, reconheço, ela não faz nada por mim.

[E tudo piora quando você é *addict*.]

*

Jaime apanhou a filha de Myrna em Youngsville antes de irmos ao The Museum at Bethel Woods na véspera do ano-novo. Florbela: uma graça, ela. Alta, magra, rosto oval cor-de-caramelo, sobrancelhas finas destacando os miúdos olhos de ônix. Uma trança comprida, caprichosa, escondia os cabelos encaracolados. Ela me examinou de cima a baixo quando saímos da picape à porta do sítio mítico.

"Esse museu é uma idiotice", ela cochichou no meu ouvido, me deixando sem reação. E continuou em voz alta: "Mas sei que a ideia não foi sua. Toda vez que temos visitantes, me mandam aqui. Também, com tanta neve, quase não tenho saído, sabe? Fico no Face o dia todo! Mamãe tem medo que a minha bunda destrua o estofamento do sofá". Encantado, eu contemplava seu riso largo, lindo. "Sério agora: mamãe queria ficar sozinha um pouco. Por isso eu vim. De vez em quando ela tem, tipo assim, umas baixas, sei lá. Algo a ver com a história da vida dela."

Bethel Woods está para os anos 1960 como Graceland para Elvis Presley. É uma cápsula do tempo. Você entra numa mágica viagem de volta à terra da paz, do amor e da música. Você vê Jimi, Janis, Joe Cocker e Santana nas imagens. Viaja num ônibus *hippie* de cores psicodélicas e tal. E sente tudo aquilo. Transporta-se. É emocionante. Mas, na verdade, o museu é mais sobre a década do que sobre música ou ioga na lama.

"Não há como pensar o futuro sem olhar para trás. Aqueles três dias de festival foram a versão *baby boomer* da Guerra de Troia. Uma geração inteira se uniu e se dividiu aqui", Jaime professou.

E eu, pressionado pelo magnetismo que a aromática presença de Florbela exerce sobre mim, me perguntava o que aquelas quinhentas mil pessoas que foram a Bethel em agosto de 1969 devem estar pensando dos rumos que o mundo tomou.

"Tudo evaporou rápido demais. Num minuto, aqueles jovens estavam aqui, e, no minuto seguinte, caíam nas garras da Era Reagan, que pôs fim à ilusão de que o nosso destino era cheio de possibilidades", Jaime analisou, dando forma à minha visão (eu não seria capaz de ser tão exato). "O espírito de Woodstock não era para a vida inteira, nem para cada momento da História. Exatamente por causa disso é que tivemos que superá-lo. A existência desse museu, aliás, é a prova de que acabou, realmente."

E por falar em Ronald Reagan, ele foi peça importante num processo complexo que, entre tantas desgraças, obrigou Myrna a fugir da Guatemala. Na primeira semana de dezembro de 1982, em Las Dos Erres, assentamento de agricultores no município de La Libertad, departamento de Petén, ocorreu um massacre de duzentas pessoas, como parte da estratégia do general Efraín Ríos Montt, que depusera o presidente eleito, de exterminar os indígenas e os maias.

"O presidente Ríos Montt é um homem de grande integridade pessoal e compromisso público. Estou seguro de que ele quer aperfeiçoar a qualidade de vida de todos os guatemaltecos e promover a justiça social. Minha administração fará tudo o que puder para apoiar seus esforços nesse sentido. Francamente, estou inclinado a acreditar que as críticas a ele são injustas", Reagan declarou às televisões.

Dois dias depois dessa declaração, cinquenta e oito *kaibiles* – *kaibil* era o nome da tropa de elite do Exército da Guatemala, treinada pela CIA e especializada em táticas na selva – desembarcaram em Las Dos Erres e começaram a retirar as pessoas de suas casas violentamente. Os *kaibiles* se dividiram em grupos. Um grupo confinou as mulheres e as crianças nas duas igrejas (uma católica e uma protestante) e o outro conduziu os homens à escola da aldeia para interrogatórios.

Enquanto isso, as casas eram vasculhadas palmo a palmo. Não foram encontradas nem armas, nem material de propaganda comunista. O boato de que os humildes camponeses de Las Dos Erres haviam aderido ao movimento guerrilheiro era lunático. E os gritos de mulheres sendo estupradas atrás de uma das igrejas começaram a desesperar os homens aprisionados. Mas a ordem da cúpula militar do exército de "vacinar todas as pessoas" só veio no dia seguinte. A primeira vítima foi atirada num poço seco: um bebê.

Uma a uma, as crianças foram mortas. Os soldados seguravam as menores pelos dois pés e chicoteavam as cabeças delas contra os muros e os troncos das árvores. As crianças maiores recebiam golpes de marreta no crânio. À medida que desfaleciam, eram atiradas no mesmo poço. O próximo passo foi conduzir as mulheres e os idosos, todos de olhos vendados, até a beira do poço, onde ficavam de joelhos. Quem respondesse "não sei" às perguntas relacionadas com guerrilha e guerrilheiros era abatido a marteladas.

Os *kaibiles* estavam disfarçados de esquerdistas, usando camisa verde-oliva, calça civil e uma faixa vermelha no antebraço direito. A ideia era confundir os aldeões, fazê-los acreditar que estavam sendo vítimas de integrantes da Unidade Revolucionária Nacional Guatemalteca (URNG), não do exército oficial. E passaram a noite estuprando as mulheres e as meninas que restaram. As grávidas recebiam coronhadas no ventre, para que abortassem. Os homens não viam o que acontecia, mas podiam ouvir o sofrimento.

No dia seguinte, as cabeças masculinas ou foram destroçadas por marretas ou levaram tiros de pistola. Os cadáveres eram arrastados e enfiados poço adentro. Consta que um dos empoçados sobreviveu, retirou a venda e insultou o *kaibil* que olhava a pilha de corpos lá embaixo com um binóculo. O sobrevivente resistiu ainda a um tiro de Galil, mas não à granada de fragmentação que o militar soltou no poço. E abruptas rajadas de metralhadoras derrubaram a última fileira de homens desavisados.

O poço lotou.

Quando deram por concluído o "procedimento de vacinação", aterraram o poço e atearam fogo na aldeia, não restando nada, exceto a palavra de uma meia dúzia de testemunhas e de três sobreviventes contra a palavra dos altos comandos militares, que juraram perante as câmeras que a "obra" era de autoria da URNG. A embaixada dos Estados Unidos na Guatemala reportou o massacre, insinuando que o relato dos nativos era o mais credível, mas o governo americano não se pronunciou.

Duzentas mil pessoas morreram em combates e em genocídios e outras cinquenta mil desapareceram durante aquela guerra civil maluca. Myrna, que tinha onze anos, na época, estava na casa dos tios em Antígua, a quatrocentos e trinta quilômetros de Las Dos Erres. De repente, não tinha pai, nem mãe, nem irmãos e irmãs.

A casa e a aldeia onde ela foi criada e os amigos que possuía lá deixaram de existir também, assim como os porcos, as galinhas, os cães, as plantações, os pastos.

"E os tios pobres não podiam fazer muita coisa pelo futuro dela."

Tanto que, em 1990, ela imigrou para os Estados Unidos.

E seis anos depois o telefone do *basement* de um edifício decrépito no Harlem, em Nova York, tocou. Florbela, então com 3 anos, estava no colo da mãe. A voz do outro lado se identificou (em espanhol) como Hortenzia Benitez, promotora de justiça na Cidade da Guatemala.

Myrna se arrepiou.

Ai, meu Deus, só pode ser do *Immigration and Naturalization Service* (INS)! Ai, meu Deus, logo agora que fiz o implante coclear e posso conversar olhando nos olhos e não nos lábios das pessoas! Logo agora que posso ouvir até a minha própria respiração. Logo agora que tenho alguém para olhar minha filha à noite enquanto trabalho! Logo agora que consegui emprego num restaurante chique do West Village! Pensou mil coisas ruins em um único segundo. Ah, não pode ser. Não pode ser, lamentava.

Ou desligava o telefone, ou fugia com Florbela antes que os fiscais lhe batessem à porta, ou respondia por sua ilegalidade, aceitando o risco de deportação para o país que a excluiu.

O que fazer?

Antes que destravasse a língua, a promotora lhe garantiu que não estava a serviço do INS nem tinha interesse no assunto "imigração". O motivo da chamada era outro: investigações de crimes durante a guerra civil guatemalteca (1960-1996).

Arqueólogos forenses estavam escavando um poço em Petén e precisavam de uma amostra do DNA de Myrna Duero Valenzuela, confirmada como "sobrevivente da chacina" por seu primo, que Myrna localizara na capital. Os tios que educaram Myrna já haviam falecido.

*

"Mamãe é meio esquisita, mas a gente se dá bem", Florbela me disse na noite de réveillon, fumando encostada ao parapeito do *deck*.

E eu bebia vinho na escuridão fria dos últimos instantes de 2011.

"Ela não se considera sobrevivente porque não estava lá no dia da desgraça. Diz que sobrevivente é, tipo assim, a pessoa que... que luta contra a morte numa situação, tipo, de combate. Que luta e que vence, entende? É o que ela pensa."

Dois anos depois da tragédia, Myrna começou a apresentar problemas de audição.

As pessoas ao redor acreditavam que a menina estava se autobloqueando.

"O trauma das mortes era usado como justificativa para tudo o que ela era ou não era capaz de fazer, mas, daquela vez, não fazia sentido", lembro do Jaime dizendo.

Myrna escutava estalidos e apitos fantasmagóricos de manhã, ao acordar. E os sons para ela iam ficando cada vez mais suaves e distantes; ou abafados demais; e não mais conseguia distinguir bem quem dizia o quê num diálogo entre várias pessoas num lugar barulhento.

Uma professora perspicaz suspeitou que o problema não tinha a ver com melancolia ou medo e a levou a um fonoaudiólogo. O diagnóstico foi imediato: surdez neurossensorial progressiva nos dois ouvidos.

"Eu li que é, tipo, genético, mas eu não tenho – e parece que não vou ter – essa doença. A menos que eu, tipo, aumente demais o som do meu iPod", Florbela brincou. "Agora, imagine: mamãe já era visada na escola. Todo mundo conhecia a história da *huérfana de las cruces*. Aí os colegas passaram a chamar ela de, tipo, 'a surdinha'. Meus primos contaram que ela se trancou completamente. Não queria que os colegas de escola a vissem nas aulas, tipo, com cara de paisagem."

E um aparelho auditivo, além de caríssimo, a transformaria de vez em uma espécie de E.T. na escola.

*

Myrna e Florbela levaram umas comidas guatemaltecas fantásticas para o nosso réveillon. Adorei os *tamales*, especialmente.

Estupendos!

Você bate no liquidificador gergelim e semente de abóbora tostados, tomates, alho e *chilis guaque* (umas pimentas finas, compridas, pretas). Daí corta folhas de bananeira pré-cozidas em quadrados. E despeja sobre os quadrados uma massa mole à base de milho; e em cima dessa massa pinga o tal creme feito com *guaque*.

"Antes de fazer o embrulho com a folha de bananeira, você acrescenta uns pedaços de frango refogado, duas alcaparras, duas passas e duas azeitonas sem caroço", Myrna se intrometeu na "palestra" de Jaime, para surpresa geral.

Ela raramente abria a boca.

"Daí você faz embrulhos com as folhas (na hora me lembrei das pamonhas que minha avó fazia). E cozinha os pacotes no vapor."

Havia bebida alcoólica suficiente para uma semana.

Ouvimos e dançamos músicas hispânicas vibrantes, com aquelas ondas arrebatadoras de trompetes e percussões; e umas canções guatemaltecas esquisitas, mas que animaram a até então super-retraída Myrna.

Segundos antes da meia-noite, Jaime abriu ruidosamente uma garrafa de Veuve Clicquot e nos serviu, sem desperdício.

Pediu que erguêssemos as taças.

"À mágica dos tempos, que nos cobriu de encantos e de surpresas; e ao Mário, claro. Sem ele, não estaríamos juntos aqui, agora."

Byron desatou um uivo sôfrego.

"Ah, e ao Byron também, como não?"

Rimos muito.

Fogos começaram a pipocar nos céus das Catskills.

De vez em quando, Florbela saía para fumar e me convidava para ir com ela. Numa das vezes, fomos ao pátio dos fundos da casa, uma área pouco iluminada, mas clara. O balanço de pneu estava lá, círculo negro suspenso sobre o aclive nevado.

Desta vez, ela não levou um cigarro comum.

[Claro, não comentei com ela que no dia da minha chegada adormeci sob uma névoa, nem que a névoa vinha do quarto, nem que Jaime e Myrna estavam no quarto.]

Com a respiração presa, ela me passou um *pipe*, que eu não soube usar bem.

Na verdade, desde a manhã daquele dia, eu tinha a mente meio que fixada na fantasia de transar com Florbela.

Isso se eu tivesse coragem de conduzir os sentimentos na direção de um beijo inesperado; se ela já tivesse completado dezoito anos; e se eu não tivesse vergonha da minha magreza incorpórea.

"Aceitar as próprias limitações é parte do processo de amadurecer", lembro do Jaime falando numa de nossas viagens com a picape.

Eu não tinha consciência de que estava no limiar de uma transformação.

Passar uma das noites mais importantes do ano com uma pessoa que não curte o que eu curto e outras duas que nem conheço foi uma idiotice.

[Ou não.]

"Uma hora você tem que escolher: a vida ou a ficção."

Estava louco para ir embora, confesso.

Louco para ter uma vida que pudesse chamar de minha.

Uma vida desprotegida, de experiências diretas, sem mediações.

E alguém lá dentro apagou a luz do pátio, talvez por engano.

A lua cheia, que não havíamos percebido até então, se sobressaiu. Uma aura prateada envolveu Florbela no balanço.

"Me empurra", ela implorou.

Mantive-a pendulando ao máximo.

"Mais forte! Mais forte! Quero voar! Quero voar", repetia.

Voar para bem longe.

Para outro mundo.

Um mundo sem estados nem religiões.

Sem guerras, fomes ou bipolaridades.

Nem manadas.

Em que cada indivíduo é um *outsider*.

Ah, por que estamos sempre em lugar nenhum, afinal?

E por que essa pergunta tem cada vez menos importância?

O lugar tanto faz.

Verdade.

O frio se impôs.

Voltamos para dentro da casa.

Atirei o casaco sobre o sofá e, com a bexiga apertada, fui ao banheiro social.

Ocupado.

Dei mais alguns passos, estiquei o pescoço à porta do quarto de Jaime e o vi de bruços, com os pés para fora da cama, roncando.

Ninguém no banheiro dele.

Entrei.

Despejei tudo o que havia de líquido descartável em meu corpo, mirando a janela que dava para o pátio dos fundos.

[Eu nunca enxergava o balanço de pneu daquele ponto, embora ele estivesse lá.]

Não perdi a chance de verificar se o Caderno Azul ainda estava no porta-revistas, onde dois dias antes eu marcara uma cesta de três pontos, apesar da posição adversa e da dor excruciante na quinta vértebra.

Estava lá.

Apanhei o caderno, enfiei-o no bolso da perna da minha calça.

Ao sair do quarto, cruzei com Myrna no corredor. Ela me invadiu com seus olhões arregalados, vivos, insinuando que eu havia acometido (ou estava a ponto de cometer) alguma estupidez.

Era a primeira vez que encarávamos um ao outro tão de perto e sem subterfúgios. Seu olhar possuía uma força intimidadora.

[No momento em que me deu uma aula rápida sobre como embrulhar *tamales*, Myrna estava me concedendo um pouco do enorme estoque de generosidade que Jaime dizia que ela guardava dentro dela. Mas foi só. No geral, ela não simpatizara comigo, acho.]

"Boa noite", disse, seca.

Única e cortante, a frase era na verdade uma ameaça, como um "se cuida, hein?" irônico.

Correspondi à indireta, porém sério, como um homem feito, coisa que eu nem tinha consciência de já ser.

Então, há essa coisa da demora em ingressar na vida adulta...

Mas não me encham com isso, *please*.

Escutei a porta do quarto de Jaime sendo fechada atrás de mim. Ansioso para esconder o Caderno Azul, passei antes no meu quarto.

Quando fiz a volta para acessar a minha mala atrás da porta...

Bum!

Ela.

Ali.

Nua.

Cabelos soltos.

Os fones de ouvido enrolados no pescoço – o plugue balançando na altura do púbis.

Aproximou-se, me beijou suavemente.

Conectou os fones ao seu iPod Touch.

Aconchegou um deles na minha orelha.

"A música que escolhi para nós", sussurrou.

Cantada por Sara Bareilles: *"Breathe again"*.

Do álbum *Kaleidoscope Heart*.

Open up next to you and my secrets become your truth
And the distance between that was sheltering me
comes in full view
Hang my head, break my heart built from all I have torn
apart
And my burden to bear is a love I can't carry anymore...

"Conhece?"

Eu não conhecia, mas isso não tinha importância nenhuma.

Até porque meus parafusos começaram a trepidar e afrouxar, como se fossem sair voando da minha cabeça. Uma perplexidade muito clara e deliciosa, aliás. Fiquei completamente indefeso. Quando um prazer inopinado vem ao encontro de nós, há um efeito ondulatório na superfície do lago que cobre o Universo.

E quando voltei a mim, o rosto dela estava aninhado em meu peito. Respirávamos já no compasso da delicadeza.

A primeira madrugada do novo ano suspirando lentidão – devia ser cinco da manhã, talvez mais; o gelo retardando os primeiros pios dos pássaros. Aquele era um grande momento na minha vida, mas eu não tinha como saber disso no exato instante em que ocorria. Mesmo agora não me sinto capaz de explicar.

"Por que o Jaime está sempre te ensinando coisas?", Florbela perguntou, de repente.

"Está? Nunca pensei nisso."

"Mamãe quem falou."

"Acho que não. Ele não tem queda para educador."

"Ah, ensinar, tipo, professor, não, isso não. *Sempre te transmitindo ideias*, quero dizer."

"Talvez ele ache que eu precise de inspiração", brinquei.

"Ou de um pai", emendou, provocativa, como se me conhecesse há anos.

"Não. Um pai extra é tudo o que não quero. Meu pai biológico já me dá trabalho suficiente."

"Eu, não."

"Não o quê?"

"Nem conheci o meu pai biológico."

"Ele morreu quando você era bebê?"

"Não sei. Só sei que é guatemalteco; que ele e mamãe tinham tipo, vinte anos, quando foram para Nova York; que se amavam e tal; e que três anos depois ela soube que estava grávida de mim e contou para ele no mesmo dia; e que ele ficou, tipo, megafeliz. Chorou de emoção. Pediu comida *chinesa* pelo telefone. Abriu cervejas. Fizeram planos para o futuro, o *meu* futuro. Mas quando minha mãe acordou de madrugada para ir à cozinha tomar água, ele não estava na cama. Nem na casa. E nunca mais esteve. Foi embora."

Não era uma revelação fácil de lidar.

"Uau", foi o que consegui dizer, honestamente.

"Sem traumas. Nenhum interesse em procurar o cara, como naqueles filmes, tipo Hollywood. Nem penso que um dia ele vai bater lá em casa arrependido, tipo novela mexicana..."

O realismo dela ainda repercutia em mim quando seu indicador desenhou um círculo em volta do meu umbigo.

"E você?", desviei. "Como é a sua relação com ele? Lá, no museu de Bethel, notei que ele é cuidadoso e gentil com você."

"Ah, ele meio que cuida das pessoas por aqui, sem que elas percebam. Está presente mesmo quando não está."

"Explica melhor isso."

"E não é porque ele diz aquelas coisas inteligentes, cabeça. As atitudes dele é que são, tipo, interessantes, entende?"

"Mais ou menos."

"Assim: sabe aquele discurso meio que declarado dele de que ter filhos só contribui para o aquecimento global?"

"Ah, sei, sim. E como!"

"Então, aquilo é um saco, uma chatice."

"É. Ele fala nisso desde que eu o conheci, dez anos atrás."

"Não sei se você sabe, mas mamãe e eu frequentamos a igreja de Liberty."

"Não sabia."

E ela abriu um parêntese: "Você não tem preconceito contra quem, tipo, curte religião, tem?".

"De forma alguma", menti.

"Eu vou à igreja mais por causa da mamãe. Ela é meio instável. Às vezes, entra no quarto, fica deitada, sem fazer nada. Ou lendo. Dias e noites, lendo, pode haver coisa pior?"

Me mantive em silêncio, aguardando.

"Tento cuidar dela."

"Ótimo", falei.

E fechou-se o parêntese.

"Um dia, o Jaime foi com a gente à missa", retomou. "O padre é muito aberto. Sempre deixa um espaço para quem quer se manifestar sobre o tema do dia. E o tema era a eutanásia. E o Jaime pediu a palavra. E foi lá. E pegou o microfone."

"Mesmo? E falou?", perguntei, excitado, espantado, chocado.

"Sim."

"Falou o quê?"

"Não lembro exatamente, mas era, tipo, 'a vida não é comprida nem curta; ela tem uma duração própria'."

"Só?"

"Não, não. Ele falou, tipo, sei lá, uns dez minutos. É que não sou boa de memória."

"Ok. Mas ele se posicionou a favor ou contra?"

"Contra, claro."

A princípio, achei que ela podia estar se confundindo; ou que sua linguagem sintética a houvesse traído. Não era o caso. Ela tinha dificuldade de detalhar o que contava, mas estava segura quanto ao essencial sobre o que testemunhou. E para ela o fato de Jaime ter ido ao púlpito compartilhar o que pensava era tão ou mais *cool* que o conteúdo compartilhado – "até porque, lá, na nossa igreja, todo mundo é contra mesmo".

"Foi aplaudido de pé!", revelou, enfática.

Meu "uau" serviu de incentivo para ela continuar me oferecendo uma espécie de "faceta social do Jaime rural".

"Ele enviou uma carta aberta aos moradores do Condado – num inglês perfeito, segundo a minha professora – contra as perfurações. Comentou isso com você?"

"Sobre 'carta aberta', não. Mas falou que essa região está bem em cima de uma reserva de gás natural e que..."

No Condado de Sullivan, empresas do setor de energia estavam assediando proprietários de terras localizadas sobre o Xisto de Marcellus, nome de uma imensa formação geológica rica em gás natural na interseção dos estados de Nova York, Pensilvânia, Ohio e Virginia Ocidental. As empresas queriam convencer os cidadãos a assinar a permissão de exploração de suas terras por quatro mil dólares por hectare mais *royalties* sobre o gás extraído.

Os ambientalistas e legisladores estavam especialmente preocupados com a nova tecnologia de extração do gás, chamada "faturamento hidráulico" (*hydrofracking*). O método: perfuração hidráulica de um poço de mil e setecentos metros que, a partir dessa profundidade, era estendido horizontalmente por dois mil metros. Água, areia e químicos eram detonadas contra a rocha de xisto para rompê-la e liberar o gás natural. Os opositores argumentavam que a química envolvida no processo afetaria os lençóis d'água e a reprodução das trutas, enquanto a associação das empresas energéticas batia na tecla do benefício econômico.

A agricultura e o turismo na região respondiam por uma fatia considerável da receita, mas os jornais polarizavam a discussão pelos extremos: os ricos que nos últimos anos compraram luxuosas casas para temporada nas montanhas *versus* os nativos produtores rurais de leite, ovos, mel e *mapple syrup*, que lutavam pela sobrevivência numa região economicamente deprimida desde os anos 1970, com o fechamento dos *resorts*.

Os ânimos se radicalizaram depois do alerta de que o *hydrofracking* atingiria os mananciais que abastecem de água potável a cidade de Nova York. Eu havia visto nos jardins e cercas das casas cartazes provocativos, contrários ao fraturamento. "O dinheiro é tentador, mas o que você tem de fazer por ele não é", dizia um deles. Muitas pessoas assinaram o contrato para prospecção. De dentro da picape, Jaime me apontava as "casas dos inconsequentes". Mas nenhum poço podia ser perfurado sem um parecer do Departamento de Proteção Ambiental.

"Exatamente", Florbela confirmou, assertiva. "Tenho uma cópia da carta na minha mochila. Quer ver?"

"Claro. Agora. Por favor."

Ela desdobrou uma folha de papel.

"Eu gosto dessa parte aqui."

Pediu um tempo para localizar.

"Achei: 'Não confiem na indústria. Ouçamos a ciência e os nossos corações. A ciência diz que precisamos deixar de lado quatro quintos dos combustíveis já conhecidos e usados em solo se quisermos ter qualquer chance de evitar as elevações de temperatura na Terra. Portanto, ficar buscando novas fontes de combustível fóssil é uma perversão. (...) Desde que a prática do fraturamento hidráulico se espalhou, o refrão é o mesmo: 'Ah, dessa vez não haverá problemas'. *O solo aqui é diferente, os tipos de xisto aqui são diferentes, as regras aqui são diferentes, as empresas que estão trabalhando aqui são diferentes.* É sempre 'diferente'. Porém, mais cedo ou mais tarde, as consequências são as mesmas: barulheira e contaminação. (...) Água não é apenas sinônimo de vida. Água é tudo. Precisamos começar a substituir essa nossa *cultura geométrica*, baseada em poder e eficiência, por uma *cultura de fineza*, que, além do raciocínio, privilegie também a sensibilidade e a intuição.' Legal, né?"

De: lara@vox.net

Para: j.bastos@edez.com.br

Assunto: outro

O LAGO

Não vivemos a superfície,
nós a somos.
O vazio na forma
à tona: vem!
Cada vez mais fundo
Nos claros-escuros
Cintilamos.

5

ESPECULAÇÕES QUE ABREVIAM

ELE, TÃO AVESSO A VINCULAÇÕES, EMBORA NÃO lhe faltem opiniões firmes sobre temas complexos; tão independente em relação a ritos sociais, correntes filosóficas e políticas partidárias; ele, que costumava confinar numa cela hermética suas convicções certeiras...

Li e reli escritos dele lamentando que o pilar da existência humana no século XXI seja a ideia – "nunca antes apresentada a nós pela História" – de que a coerência é um mal.

"Ficamos dependentes do gigantesco *menu* que o Novo Capitalismo amplia mais e mais, minuto a minuto; e só nos resta montar uma *vie a la carte*, sem amarras morais."

Callicoon representa para ele a ilusão de um "lugar"?

O "lugar" a que Tia Mirtes se referiu?

Entre a independência e a morte, optei por ambas: com o auxílio do dr. Wilson, interrompi o sofrimento de Lara na

UTI *usando minhas próprias mãos.* [Anotação de Jaime no Caderno Azul que eu trouxe de Callicoon sem autorização do autor]

O "lugar" que o protegerá de suas ações questionáveis.

Até quando?

— Anti-heróis, grandes merdas – disse Tabs enquanto procurava algo numa gaveta.

— Essa sua frase vale um tuíte — ironizei.

Ela se levantou. Me abraçou com ternura.

— Ah, te reencontrar foi uma das melhores coisas que me aconteceu este ano — murmurou, toda sentimental.

— Você era uma criança quando te vi pela primeira vez no colégio.

— Eu tinha doze anos e você, dezessete.

— A bonequinha dark.

— O *geek* lourinho.

Acariciou meu rosto, me olhando com admiração.

— E para hoje — lembrou — temos sorvete, wafers, *Game of Thrones*...

— E... e... — ela ficou excitada, interrogativa. Levei a mão no bolso, retirei o pacotinho: — *Pot*!

— Hum, então a gente vai se acabar!

FONTES Eames e Duplicate Sans
PAPEL Pólen Bold 80gm^2
IMPRESSÃO R.R. Donnelley